1,50 19123

CW01636395

Endlich Sommer!

Ein Lesebuch

Ausgewählt von Daniel Kampa

Diogenes

Nachweis am
Schluss des Bandes
Umschlagillustration von
Jean-Jacques Sempé

Originalausgabe

Alle Rechte an dieser Ausgabe vorbehalten
Copyright © 2013
Diogenes Verlag AG Zürich
www.diogenes.ch
200/13/52/1
ISBN 978 3 257 24252 2

Sommerfrische

Zupf dir ein Wölkchen aus dem Wolkenweiß,
Das durch den sonnigen Himmel schreitet.
Und schmücke den Hut, der dich begleitet,
Mit einem grünen Reis.

Verstecke dich faul in die Fülle der Gräser.
Weil's wohltut, weil's frommt.
Und bist du ein Mundharmonikabläser
Und hast eine bei dir, dann spiel, was dir kommt.

Und lass deine Melodien lenken
Von dem freigegebenen Wolkengezupf.
Vergiss dich. Es soll dein Denken
Nicht weiter reichen als ein Grashüpferhupf.

Joachim Ringelnatz

Inhalt

Doris Dörrie

Bin ich schön?

Mein Vater hat meiner Mutter verboten zu fragen. Aber jedes Mal, wenn eine Frau im Bikini an uns vorbeigeht, sehe ich, wie die Wörter sich in den Mund meiner Mutter drängen, mit aller Macht herauswollen, und wie sie versucht, sie herunterzuschlucken, die Zähne zusammenbeißt und die Lippen aufeinanderpresst.

Ich brauche dann nur noch bis zehn zu zählen, und schon höre ich meine Mutter sagen: Sagt mir die Wahrheit: Ist mein Hintern so fett wie bei der da? Sind meine Beine auch so voller Dellen? Sehe ich aus wie die da? Bin ich hübscher? Oder hässlicher? Genauso? Ich will es nur wissen. Sagt es mir. Ich bin nicht beleidigt. Bestimmt nicht. Ich will nur wissen, woran ich bin.

Lucy, stöhnt mein Vater, bitte.

Meine Mutter schweigt einen Moment. Angelina, ruft sie dann, komm her, deine Schultern sind schon ganz rot!

Mit schnellen, harten Bewegungen reibt sie Sonnenmilch in meine Haut, bis ich ihr davonlaufe, runter zum Wasser, dicht vorbei an all den Mädchen in geblümten Bikinis, die mit geschlossenen Augen auf flauschigen Handtüchern liegen, in der einen Hand einen Pappbecher mit Strohhalm, in der anderen ihren Walkman. Ein Mädchen richtet sich auf und sieht mir zu, wie ich mit dem Zeh große Kreise in den Sand male, ein Stück schneeweißer Busen quillt unter ihrem Oberteil hervor. Sie trägt eine goldene Bitex-Brille, die sich an ihre Wangenknochen anschmiegt und sie aussehen lässt wie ein gefährliches Insekt. Ich möchte auch eine Bitex-Brille.

Ich bin alt, sagt meine Mutter. Mein Vater seufzt. Versprecht mir, dass ihr mir sagt, wenn ich anfange, im Bikini unmöglich auszusehen.

Der Körper meiner Mutter ist seltsam. Sie hat schlanke Arme und Beine, aber einen dicken Bauch, der wie ein Polster auf ihr draufsitzt und nie richtig braun wird, weiße Streifen durchziehen ihn wie Flüsse. Er ist hässlich, aber manchmal würde ich ihn gern berühren, er wirkt so weich und empfindlich.

Ich hasse meinen Bauch, sagt meine Mutter. Ich kann machen, was ich will, er geht nicht weg, das hat man nun vom Kinderkriegen.

Wenn sie ihn so hasst, warum zeigt sie ihn allen Leuten? Ich frage mich, wie sie es fertigbringt, so herumzulaufen. Warum trägt sie nicht einen Badeanzug oder ein Strandkleid? Warum will sie ihren Bauch unbedingt in die Sonne halten? Jeden Tag gehen wir an den Strand, und jeden Tag sehe ich ihren Bauch.

Ah, sagt meine Mutter, schön ist es hier. Ich möchte nie mehr zurück.

Das ist das Stichwort. Ich sehe meinen Vater an, er kneift die Augen zusammen. Mein Bruder Philip stöhnt. Ben ist noch zu klein, er erinnert sich wahrscheinlich nicht. Letztes Jahr wollte sie nicht mehr aus Italien zurück, vorletztes nicht mehr aus Portugal, jetzt also nie mehr aus Florida.

Am Nachmittag sehe ich sie bereits die Immobilienanzeigen der Zeitungen durchblättern. Nur so, sagt sie, nur aus Interesse.

So fängt es immer an. Seit sie vor vier Jahren das Geld meiner Großmutter geerbt hat, hat sie die Macht, unser aller Leben zu verändern.

Bodo, sagt sie und hält meinem Vater die Annoncen unter die Nase, schau dir das an, für das Geld bekommt man zu Hause noch nicht einmal eine Garage!

Mein Vater nickt und schweigt, wie er immer schweigt, wenn es uns allen an den Kragen geht.

Stellt euch doch mal vor, wie das wäre, unter Palmen zu leben!, ruft meine Mutter begeistert. Jeden

Morgen aufzuwachen, und die Sonne scheint! Niemals mehr Strumpfhosen tragen zu müssen, Angelina, denk doch mal!

Ich wende mich ab.

Zieh dir ein T-Shirt an, sagt meine Mutter, dein Rücken ist schon ganz rot. Sie hält mir lächelnd mein T-Shirt entgegen, ich ziehe es über den Kopf.

Ich kann nichts sehen, als sie flüstert: Angelina, ganz woanders leben, wäre das nicht toll?

Getrocknetes Salz scheuert bei jeder Bewegung am Rücken unter dem Hemd, ich hasse das Gefühl.

Mädchen und Jungen auf rosa Vespas summen auf der Straße am Strand vorbei wie ein Schwarm Bienen. Die Mädchen lachen und haben die Münder weit aufgerissen, sie tragen silberne und goldene Bitex-Brillen, die Jungen grinsen und werfen sich heimlich Blicke zu. Sie tragen zerrissene Jeans, keine Hemden, ihre glatten braungebrannten Rücken schimmern wie Maikäferflügel in der Sonne.

Ben wirft mit Sand, Philip gräbt ein fünf Meter tiefes Loch, mein Vater starrt schweigend aufs Wasser, meine Mutter lässt die Zeitung sinken.

Sie sieht plötzlich aus, als würde sie gleich in Tränen ausbrechen, aber vielleicht habe ich mich auch geirrt, denn sie schnauft nur kurz, hebt das Kinn und klatscht in die Hände: Ist vielleicht irgendjemand hungrig?

Im Motel stehe ich in meinem hellblauen Bikini vorm Spiegel, das Oberteil liegt flach auf meinen taubeneigroßen Brüsten, eine gerade Linie geht von meinen Achseln bis zu meinen Füßen. Ich bin dünn, meine Rippen stehen hervor, die klassische Bügelbrettfigur, aber mir gefällt sie. Ich möchte nicht anders sein. Meine Haut ist weich und hellbraun wie Vollmilchschokolade. Ich streiche über meinen flachen, harten Bauch. Wenn ich mich vorbeuge, werden die dünnen Hautfältchen schwarz. Meine Beine sind lang und gerade. Ich sehe gut aus. Ich lächle mich im Spiegel an, meine Zähne leuchten weiß in meinem braungebrannten Gesicht, meine Augen wirken blauer als sonst. Hätte ich eine Bitex-Brille, wäre ich richtig schön.

Angelina, ruft meine Mutter, hilf mir gefälligst!

In den Ferien kocht sie immer dasselbe, Spaghetti und Salat, ganz gleich, in welchem Land wir uns befinden. Sie glaubt, wir Kinder sind verrückt nach Spaghetti, dabei sind wir nur wie ausgehungert nach einem Tag am Strand, wir würden alles essen. Ben darf sich nackt an den Tisch setzen und sich die Tomatensoße auf die Brust kleckern.

Ist das nicht toll?, fragt meine Mutter ihn schon zum dritten Mal. Sie ist ganz begeistert und lacht albern, wenn er mit der Soße um sich spritzt. Philip liest unter dem Tisch ein Comic-Heft, mein Vater fordert ihn zweimal auf, es wegzulegen, aber seine Stimme klingt müde, und Philip sieht noch nicht einmal auf.

Meine Eltern sehen sich über den Tisch hinweg an.

Ich bin glücklich, sagt meine Mutter.

Gut, sagt mein Vater.

Du sollst dich nicht dauernd mit anderen vergleichen, ermahnt mich meine Mutter. Wenn alle Bitex-Brillen haben, heißt das noch lange nicht, dass du unbedingt auch eine brauchst. Frag dich, welche Wünsche wirklich aus deinem Herzen kommen und welche dir von der Werbung eingeredet werden. Haben, haben, haben – das macht nicht glücklich.

Tief aus meinem Innern kommt der Wunsch nach einer Bitex-Brille. Mit ihr, das weiß ich, wäre ich ein anderer Mensch.

Meine Mutter und ich fahren zum Supermarkt, die ruhigen kleinen Straßen entlang, an denen die Holzhäuser mit ihren Verandas stehen, umsäumt von riesigen Hibiskusbüschen mit Blüten so groß wie Untertassen.

Ab und zu wird meine Mutter so langsam, dass die Autos hinter uns wütend hupen. Angestrengt sieht sie aus dem Seitenfenster, beugt sich weit hinaus, hält die Hand über die Augen. Beim dritten Mal kapiere ich. Immer wenn sie langsamer wird, hat sie an einem Haus ein Schild entdeckt, größer und bunter als in Italien und Portugal, aber es steht dasselbe drauf: ZU VERKAUFEN.

Warum willst du immer unbedingt woanders leben?, frage ich sie.

Sie sieht mich erstaunt an, als hätte ich ihr innerstes Geheimnis erraten. Sie hält mich für ziemlich beschränkt.

Will ich ja gar nicht, sagt sie, ich will es mir nur vorstellen dürfen, ist das denn so schlimm? Man wird sich wohl doch noch etwas vorstellen dürfen, verdammt noch mal.

Sie tritt unvermittelt aufs Gas, dass der Wagen davonschießt und ich in den Sitz gedrückt werde, als würde ich in den Weltraum geschossen.

Ich stelle mir vor, dass ich eine schmale, große Frau von fünfundzwanzig bin, in einem langen schwarzen Kleid aus Chiffon, es weht bei jedem Schritt um meine Knöchel. Ich habe ein Champagnerglas in der Hand und lächle. Meine Ohrringe klingeln leicht bei jeder Bewegung, mein Lippenstift leuchtet feuerrot, ich brauche niemanden.

Als wir auf den Highway einbiegen, sehe ich den Mann mit dem Kreuz. Ich habe ihn schon einmal gesehen, kurz nach Miami, als Ben das Auto vollgekotzt hat, weil ihm zu heiß war. Der Mann ist groß und dick, seine Haare wirken schlecht gefärbt, gelb wie eine Ananas. Er trägt ein riesiges hölzernes Kreuz auf den Schultern, etwa fünf Meter lang, Rucksack und Schlafsack sind auf dem Kreuz festgeschnallt. Er geht auf dem Grünstreifen in der Mitte der Fahrbahnen, der Verkehr donnert an ihm vorbei.

Dieser Wahnsinnige, sagt meine Mutter und schüttelt den Kopf.

Mir gefällt er. Er tut immerhin etwas Außergewöhnliches, obwohl ich keine Ahnung habe, warum er das Kreuz durch die Gegend schleppt, und was tun wir?

Im Supermarkt liegen ganze Stapel von Bitex-Brillen in allen Farben. Ich setze eine auf, sie sind so leicht, dass man sie kaum spürt, die Gläser sind meergrün, und der Supermarkt versinkt unter Wasser. Meine Mutter sieht mich grün an und schüttelt den Kopf.

O bitte, flehe ich sie an, aber sie sieht mich kaum an, abwesend murmelt sie etwas vor sich hin, dass sie auf keinen Fall den Joghurt für Bodo vergessen darf und dass ich sie daran erinnern soll, schon schiebt sie ihren Wagen weiter.

Ich bleibe zurück und sehe ihr nach, als würde ich Abschied nehmen, ich könnte in diesem Augenblick verlorengehen, mich von da an allein durchschlagen. Allein in Amerika.

In zehn Jahren würde ich anrufen, das spinatgrüne Telefon im Flur würde klingeln, meine Mutter würde wütend aus der Küche rufen: Warum geht denn niemand dran? Mit nassen Händen käme sie den Flur entlanggelaufen, gerade als sie nach dem Hörer greift, hört das Klingeln auf.

Sie schubst mich mit dem Einkaufswagen absichtlich in den Po, Angelina, meckert sie, steh nicht da wie ein Ölgötze, hilf mir gefälligst.

Neben dem Supermarkt entdeckt sie einen Schuhladen. Verträumt betrachtet sie ein Paar dunkelblaue hochhackige Sandalen.

Nur mal reinschauen, sagt sie.

Sie trippelt in den Schuhen vor dem Spiegel auf und ab und streckt die Brust raus. Ich sehe, wie sich ihr Bauch unter dem dünnen Kleid wölbt. Sie reißt eine Schachtel auf und drückt mir ein Paar rote Sandalen in die Hand. Probier doch mal, sagt sie, sind die nicht süß?

Ich schüttle den Kopf.

Jetzt will ich dir schon was schenken, sagt sie, und du ziehst nur ein Gesicht. Wütend packt sie die Sandalen wieder in die Schachtel, läuft barfuß im Laden herum und probiert ein Paar knallgelbe Stöckelschuhe an. Ihre Beine sind wirklich hübsch, sie sind wie meine. Sie sind jünger als ihr Gesicht. Sie lacht und betrachtet sich in den Schuhen, sie tänzelt auf und ab, und im Spiegel sehe ich die Frau, die ich sonst nur von alten Fotos kenne. Da ist sie jung, ihre Haut straff wie bei den Mädchen am Strand, sie trägt ein enges geblümtes Kleid und hält ein dickes Baby im Arm, mich. Als du klein warst, sagt sie manchmal zu mir, hast du mich umarmt und geküsst und mir gesagt, wie sehr du mich liebhast.

Ich kann mich an die beiden Menschen, von denen sie redet, nicht erinnern. Es ist mir unangenehm und auch ein bisschen peinlich, wenn sie das sagt, ich fühle mich dann wie jemand, der auf den Kopf gefallen ist und alles vergessen hat.

Wie findest du diese Schuhe?, fragt sie mich und dreht sich zu mir um.

Geil, sage ich, weil ich sehe, wie sehr sie ihr gefallen.

Wirklich?, sagt sie und grinst. Ich nicke.

Sie kommt auf mich zu, flüstert: Sehe ich nicht bescheuert aus mit solchen Schuhen? Alte Kuh macht auf jung? Sie lächelt unsicher. Ich möchte sie umarmen und küssen und ihr sagen, wie sehr ich sie liebe. Ich zucke die Achseln und sehe weg. Es entsteht eine Pause.

Na ja, sagt sie, was soll's. Sie zieht die Schuhe aus und stellt sie ordentlich weg, schlüpft in ihre alten Sandalen und geht aus dem Geschäft, ohne sich nach mir umzusehen.

Am nächsten Tag hat sie einen Termin zur Hausbesichtigung. Nur so, sagt sie, aus Interesse. Es verpflichtet uns doch zu nichts.

Mein Vater schweigt.

O Gott, ruft sie und stampft mit dem Fuß auf, ich möchte einfach nur mal so ein Haus von innen sehen, weiter nichts!

Wo sollen wir denn dann zur Schule gehen?, fragt Philip.

Sie starrt ihn an. Ihr bringt mich um, schreit sie, ihr bringt mich einfach um!

Sie verschwindet in der Küche und wäscht scheppernd das Geschirr ab.

Was hat sie denn?, fragt Philip. Ich zucke die Achseln. Mein Vater macht den Fernseher an.

Eine dicke schwarze Frau in einem senfgelben Kostüm hält Jugendlichen ein Mikrophon unter die Nase.

Was reden sie?, frage ich meinen Vater.

Sie fragt sie, ob sie lieber attraktiv oder intelligent wären, wenn sie es sich aussuchen könnten, übersetzt er. Was würdet ihr wählen?

Attraktiv, sagen Philip und ich wie aus einem Mund.

Mein Vater seufzt und macht den Fernseher wieder aus. Lucy, ruft er, wenn du es dir aussuchen könntest, wärst du lieber attraktiv oder intelligent?

Sie kommt aus der Küche, ein Sieb auf dem Kopf, zwei Spaghetti über den Ohren, den Zeigefinger im Mund. Ich glaube, ich wäre gern intelligent, sagt sie, attraktiv bin ich schon.

Der Makler ist jung und cool. Er hat tiefschwarze, längere Haare und trägt eine blaumetallene Bitex-Brille mit silbernen Gläsern. Seine Nike-Turnschuhe stehen offen, damit macht er großen Eindruck auf Philip, nur wirklich megacoole Leute tragen seiner Meinung nach die Turnschuhe offen.

Sind Sie Frau Winter?, fragt der Makler meine Mutter.

Sie trägt ihr bestes Kleid und Lippenstift. Ihr Kragen ist verkrempelt, man sieht das Etikett. Ja, flötet sie auf Englisch, und das ist meine Familie.

Ich kann es nicht ausstehen, wenn sie englisch spricht.

Er drückt uns allen fest die Hand. Meine ist verschwitzt, seine auffallend kühl in der Hitze. Sein Name ist Douglas. Meine Mutter stellt uns alle vor, selbst Ben, den mein Vater auf den Schultern trägt. Angelina, wiederholt Douglas meinen Namen langsam, als lutsche er einen Bonbon.

Er schließt das Haus auf und geht voran. Es ist dunkel und riecht nach Katzenpisse und nassem Hund. Antiquitäten stehen überall herum, an den

Wänden hängen Bilder von toten Hasen und düsteren Wäldern. Das Bett im Schlafzimmer ist mit grüner Seide bezogen, im Badezimmer stecken Fotos von zwei Männern mit Schnauzbärten am Spiegel, sie haben Hunde und Katzen im Arm. An einem Stück Stacheldraht hängen dutzendweise glitzernde Ohrringe. Meine Mutter geht sofort wieder hinaus, mein Vater sieht sich das Badezimmer gar nicht erst an.

Einen Moment lang bin ich allein, ich überlege, ob ich ein wie Weintrauben geformtes Paar Ohrringe einstecken soll, aber ich könnte sie nie tragen, meine Mutter würde mich verhören wie die Polizei, wo ich die herhabe.

Douglas führt uns in den Garten. Auf einer alten, zerfetzten Couch sitzen drei Hunde, zwei große und ein winzig kleiner, und sehen fern. Sie wenden kaum die Köpfe nach uns, der kleine kläfft kurz. Es läuft eine Reklame für Tampons. Neben dem Swimmingpool liegt überall Hundescheiße.

Douglas entschuldigt sich lahm. Meine Mutter sieht keinen von uns an. Lächelnd betrachtet sie alles und nickt.

Tja, sagt sie schließlich, ich glaube, wir haben es gesehen, nicht? Sie wendet sich an meinen Vater. Er nickt stumm.

Im Flur vor der Haustür steht ein Paravent. Philip sieht hinter den Paravent und kommt nicht wieder hervor, bis ich dahinterschaue und ihn grinsend in einer schwarzen Lederschaukel sitzen sehe. Über ihm hängen an Eisenketten zwei Lederschlaufen. Jetzt schauen alle hinter den Paravent.

Hm, sagt Douglas.

Jedem Tierchen sein Pläsierchen, sagt mein Vater auf Deutsch.

Philip, komm sofort da raus, sagt meine Mutter.

Wir stehen stumm vor dem Haus. Philip tritt gegen die Reifen unseres Mietwagens. Mein Vater zeigt Ben eine Biene, die an einer Hibiskusblume saugt.

Man könnte etwas aus dem Haus machen, sagt Douglas.

Bestimmt, sagt meine Mutter, es ist nicht so ganz das, was wir uns vorgestellt haben. Mein Vater sieht sie von der Seite an.

Erzählen Sie mir von Ihren Vorstellungen, sagt Douglas und spielt mit seiner Bitex-Brille. Ben greift nach ihr.

Nicht, sagt meine Mutter.

Oh, sagt Douglas, lassen Sie ihn ruhig, diese Brillen sind unzerbrechlich. Er grinst. Wir können doch offen sein: Dieses Haus ist schrecklich. Meine Firma besteht darauf, dass ich es immer als Erstes zeige, als Schock, sozusagen, danach wirken alle anderen Häuser hübsch und sauber.

Meine Mutter kichert. Ach so, sagt sie.

Ich würde Ben gern die Bitex-Brille aus den Fingern reißen, sie aufsetzen, davonrennen.

Das nächste Haus, sagt Douglas, hat besonders ruhige Nachbarn. Es liegt am Friedhof.

Meine Mutter strahlt ihn an. Mein Vater entwendet Ben die Brille und gibt sie Douglas zurück. Ben schreit.

Könnte ich bei Ihnen im Auto mitfahren?, fragt Douglas.

Aber natürlich!, ruft meine Mutter. Mein Vater zieht die Augenbrauen hoch. Douglas sitzt neben mir, ich rieche sein zitroniges Aftershave.

Er trommelt mit den Fingern auf die Armlehne. Angelina, sagt er, was für ein hübscher Name.

Ich antworte nicht, ich spreche nicht gern Englisch. Die Wörter passen nicht in meinen Mund, und ich hasse es, Fehler zu machen. Sein Schenkel drückt leicht gegen meinen. Mit Absicht oder notgedrungen, weil es so eng ist auf dem Rücksitz? Ich atme tief ein und ziehe mein Bein einen Millimeter zurück. Eine Weile geschieht nichts, dann beugt Douglas sich vor, und sein Knie presst hart gegen meins.

Suchen Sie ein reines Ferienhaus, oder beabsichtigen Sie, sich länger in Florida aufzuhalten?, fragt er meine Eltern.

Meine Mutter macht den Mund auf. Eigentlich wollen wir ganz hierherziehen, sagt sie, Europa wird zu einem unheimlichen Ort. Krieg und Depression überall, verstehen Sie?

Es wird still im Auto. Mein Vater sieht meine Mutter von der Seite an.

Sie reckt sich und lächelt in den Rückspiegel.

Verstehe, sagt Douglas und lässt sich in den Sitz zurückfallen, sein Oberarm drückt gegen meinen.

Sorry, sagt er, zieht seinen Oberarm wieder weg und setzt seine Bitex-Brille auf.

Wir sehen noch sieben Häuser. In dem einen hängen Babykleider unter Glas an der Wand, in einem anderen steht ein großer leerer Käfig in einem makellos sauberen Schlafzimmer. Um den Käfig herum sieht man die Staubsaugerspuren auf dem Teppich.

Was meinst du, Bodo?, fragt meine Mutter in jedem Haus. Mein Vater zuckt die Achseln und lächelt geduldig.

Ich habe Durst, mault Philip.

Morgen sehen wir uns nur fünf Häuser an, sagt Douglas zu ihm.

Philip stöhnt, ich halte den Atem an. Morgen?, sagt mein Vater.

Meine Mutter sieht uns lächelnd an. Bis morgen, sagt sie zu Douglas.

Er deutet eine kleine Verbeugung an. Ciao, Angelina, sagt er zu mir.

Stellt euch doch nur mal vor, sagt meine Mutter, nach der Schule könntet ihr an den Strand gehen, am Wochenende würden wir ein Boot mieten und auf dem Meer Picknick machen. Wir würden immer alle ganz braun und gesund aussehen, und nie wieder hätten wir Erkältungen. Wir würden uns selbst besser leiden können.

Wir müssen Douglas sagen, dass wir es nicht ernst meinen, sagt mein Vater.

Morgen, sagt meine Mutter, morgen sagen wir es ihm.

Im ersten Haus, das wir uns am nächsten Tag ansehen, sitzt eine alte Frau mit verschmiertem Lippenstift im Nachthemd vorm Fernseher. Ich setze mich neben sie, mein Vater gibt mir Ben auf den Schoß. Ben streckt die Hand nach der alten Frau aus, und zitternd reicht sie ihm ihre. Hunde laufen über die Mattscheibe. Wuff, sagt die alte Frau zu Ben, und Ben sieht sie nachsichtig an.

Ihre Kinder wollen das Haus verkaufen, sagt Douglas leise zu meiner Mutter, sie haben es eilig, der Preis ist günstig.

Aber meiner Mutter gefällt die Raumaufteilung nicht, und außerdem hat das Haus keine Veranda.

Die alte Frau küsst Ben zum Abschied auf den Kopf, Ben fängt an zu schreien.

Douglas hat die Autotür auf Philips Seite schon in der Hand, da überlegt er es sich anders, geht noch einmal ums Auto herum und öffnet die Tür auf meiner Seite. Er sieht mich nicht an, als er einsteigt.

Was ist schlimmer, sagt Philip, ein haariges Männerbein ablecken oder ein Kuhauge verschlucken?

Lass das, sage ich.

Was ist schlimmer, sagt er, Achselschweiß trinken oder Fußschweiß?

Philip!, ruft meine Mutter vom Fahrersitz.

Was ist schlimmer, flüstert er, in Hundescheiße ausrutschen oder einen Makler küssen?

Meine Mutter liegt im Liegestuhl am Strand und blättert in Katalogen. Häuser, klein wie Spielzeug, sind dort abgebildet, eins neben dem anderen. Mein Vater hockt neben ihr im Sand, er spendiert nur einen Liegestuhl am Tag, sie sind unverschämt teuer, sagt er.

Ich höre meine Eltern undeutlich durch die Musik aus meinem Walkman miteinander sprechen. Die Batterien neigen sich dem Ende zu, die Musik fängt an zu leiern. Ich mache den Walkman aus, aber setze den Kopfhörer nicht ab.

Eine Palme hätte ich gern vorm Haus, eine große Palme, sagt meine Mutter.

Wie lange willst du dieses Spiel noch weiterspielen?, fragt mein Vater.

Nur noch einen Tag, bitte, sagt sie.

Ich verstehe dich nicht, sagt er, warum steigerst du dich in Träume hinein, die niemals wahr werden können?

Warum eigentlich nicht?, sagt sie, erklär mir das mal.

Wie stellst du dir das denn vor?

Wir könnten, wenn wir wollten, ein ganz anderes Leben führen, sagt sie und legt die Hände auf ihren Bauch.

Mein Vater wendet sich ab und stochert mit einem Stöckchen im Sand. Ich kann dich nicht glücklich machen, sagt er, steht auf und geht zum Wasser. Seine Oberschenkel und sein Rücken sind mit Sand bepudert, von hinten sieht er aus wie ein paniertes Schnitzel.

Meine Mutter blickt sich um, sie wirkt verwirrt, als hätte sie sich verlaufen. Angelina, brüllt sie dann, weil sie meint, ich könne sie nicht hören, creme dir die Schultern ein!

Ich sitze in der Schaukel auf der Veranda, alle andern sind im Haus. Es ist ein altes Haus, die Farbe bröckelt von den Holzschindeln, Küchenschaben so groß wie Frösche krabbeln über den Boden. Der Zement im Boden auf der Veranda hat große Risse, aus denen Gras wächst.

Douglas setzt sich zu mir in die Schaukel. Sein Zitronengeruch schwappt wie eine Welle über mich.

Ich lege den Kopf in den Nacken, weil ich nicht weiß, wohin ich gucken soll. Über unseren Köpfen hängen die Zweige einer tieflila Bougainvillea.

Meine Mutter tritt in die Tür.

Ich glaube, ich bin dabei, mich zu verlieben, sagt sie, habt ihr das Zimmer im ersten Stock gesehen? Sie verschwindet wieder im Haus.

Douglas balanciert die Bitex-Brille auf seinem Schenkel. Ich nehme sie und setze sie auf. Sechs Uhr, Exxon-Tankstelle, sagt er.

Ich sehe ihn durch seine Bitex-Brille an, seine Haut schimmert bläulich, als wäre sie kalt. Ich fühle mich selbstbewusst, erwachsen, schön.

Er nimmt die Brille von meiner Nase. *Mrs. Winter,* ruft er, *I'm coming!* Wie von einem Gummiband gezogen, gehe ich widerwillig hinter ihm her.

Ein junges Mädchen mit strohblonden Haaren sitzt im Wohnzimmer an einer Nähmaschine. Ein ebenso blonder Hund mit blauen Augen liegt zu ihren Füßen.

Es ist ein gutes Haus, sagt sie zu meiner Mutter,

es hat gute Schwingungen. Menschen mit bösen Herzen halten es nicht lang hier aus. Wir hatten mal 'nen Typen hier, der machte Zettel an seine Sachen im Kühlschrank. Er blieb nur 'ne Woche. Als er ging, hat er meine Uhr geklaut. Sie seufzt, krault ihren Hund hinter den Ohren und rattert dann weiter auf ihrer Nähmaschine.

Vom Zimmer im ersten Stock aus sieht man das Meer. Douglas klettert aus dem Fenster aufs Dach und reicht erst meiner Mutter, dann mir die Hand. Er drückt meine Hand leicht, bevor er sie loslässt.

Die Dachpappe glüht unter meinen Füßen. Zwei große Palmen ratteln leicht im Wind. Unten vor der Veranda steht mein Vater. Ben spielt zu seinen Füßen mit abgefallenen Bougainvilleablüten. Das blonde Mädchen kommt aus dem Haus und schließt sein Fahrrad auf. Sie setzt Ben auf den Fahrradsitz und fährt mit ihm im Kreis. Mein Vater steht in der Mitte des Kreises, der helle Hund läuft hinter dem Fahrrad her. Von hier oben sehen sie zusammen aus wie die perfekte kleine Familie. Sie lieben sich und essen Cornflakes zum Frühstück in einem lichtdurchfluteten Zimmer, sie laufen lachend über Frühlingswiesen, ihre glänzenden Haare wehen im Wind, sie kuscheln sich in schneeweißen Bademänteln am Kaminfeuer, dicke Socken an den Füßen.

Meine Mutter hebt die Hand, um ihnen zu winken, und lässt sie wieder sinken. Stell dir doch bloß mal vor, sagt sie zu mir.

Douglas sieht mich an und leckt sich über die Lippen.

Er lehnt an der Zapfsäule von Super bleifrei, von weitem sieht er arrogant und schlecht gelaunt aus. Er hat die Arme vor der Brust verschränkt, seine Augen hinter der Bitex-Brille verborgen. Er bemerkt mich nicht. Hinter einer Reklametafel für Reisen nach Mexiko bleibe ich stehen. Der lauwarme Wind streicht mir um die Beine, fährt mir unters Kleid, bauscht den Stoff, als wäre ich schwanger. Ich habe eine frische Unterhose an, mein Bauch verkrampft sich, als hätte ich etwas Falsches gegessen.

In einer Dreiviertelstunde, bei Einbruch der Dunkelheit, muss ich wieder zu Hause sein. Ich sehe jede Minute bis dorthin vor mir liegen wie die Stufen der Maja-Ruine auf dem Plakat vor mir. Sie führen geradewegs ins Nichts, in einen leeren Himmel. Es gibt keinen Grund, sie hinaufzusteigen. Man sieht von unten, was einen oben erwartet.

Ich mag Douglas noch nicht mal.

Als ich genau weiß, dass ich ihn noch nicht einmal besonders mag, beruhigt sich mein Magen. Ich bin stärker als Douglas. Ich setze mich in Bewegung.

Hi, sage ich.

Wir fahren zu einer einsamen Stelle in den Mangrovensümpfen, rechts und links vom Weg dümpelt braunes Wasser, in der Entfernung schimmert das türkisblaue Meer. Über uns fliegen die Pelikane.

Während er mich anfasst, verfolge ich ihren Flug. Sie stürzen plötzlich ab wie abgeschossen, schießen mit dem Schnabel zuerst ins Wasser, verschwinden, dann kommen sie wieder hoch, schlucken kurz, man sieht eine Verdickung in ihren Hälsen, sie sehen sich um, als hätten sie bei einer feinen Gesellschaft heimlich die Verzierung von der Torte geklaut, lassen sich noch einen Moment auf den Wellen treiben, dann starten sie wieder, mühsam wie ein altes Flugzeug steigen sie nach oben, und das Spiel beginnt von neuem.

Seine Hand rutscht tiefer, erst spielt sie mit dem Gummiband der Unterhose, lässt sie gegen meine Haut schnippen, dann taucht sie unvermittelt in meine Unterhose hinein.

Ich halte sie mit einer blitzschnellen Bewegung fest, als wollte ich einen Fisch fangen.

Please, flüstert er in mein Ohr, *please. You are so beautiful. You are driving me crazy.*

Forty-eight dollars, sage ich.

Draußen fällt die Sonne wie eine Apfelsine ins Meer, im Auto ist es eiskalt, die Aircondition läuft, ich sehe die Gänsehaut auf meinem Bauch. Er legt das grüne Geld auf die Ablage, er lacht. Was kostet dein Herz?, sagt er. Leg dich zurück.

Ich bezahle die Brille heimlich an der Kasse, während meine Mutter noch Milch und Joghurt holt. Ich stecke sie unter mein Hemd. Die Brille berührt meine Brust, die jetzt ein Mensch mehr kennt als gestern noch.

Als meine Mutter nicht wiederkommt, schlendere ich langsam durch die Reihen von Cornflakes und Crackers zurück in die Milchabteilung.

Sie hat die Arme auf das Regal mit den Fruchtjoghurts gestützt, ihr Kopf hängt herunter, ihr Atem bildet weiße Wölkchen in der Kälte der riesigen Kühltruhe, an ihren Beinen laufen kleine rote Rinnsale entlang.

Mama, sage ich und fühle mich so hilflos, als wäre ich drei Jahre alt. Mama.

Sie richtet sich auf, Schweißperlen stehen auf ihrer Stirn, ihr Gesicht ist weiß wie Wachs. Sie verzieht ihr Gesicht. Mist, sagt sie, auf nichts ist mehr Verlass. Mit einem Taschentuch tupft sie sich die Beine ab, dann holt sie einen Plastikkanister Milch aus der Kühltruhe, hievt ihn in den Einkaufswagen und schiebt damit zur Kasse, als wäre nichts geschehen.

Mein Vater geht nicht mit an den Strand, er bleibt im Bett und liest die Zeitung. Philip boxt ihn zum Abschied in die Rippen.

Mein Vater sieht auf. Lucy?, sagt er, aber meine Mutter ist schon mit Ben samt Sandeimerchen, Schaufel und Handtüchern aus der Tür. Ich laufe mit Philip hinter ihr her.

Am Strand zieht sie sich nicht aus, sie setzt sich im Kleid im Schneidersitz in den Sand und gräbt schweigend für Ben ein Loch.

Sehen wir uns heute keine Häuser an?, frage ich.

Sie schüttelt den Kopf. Ich stehe neben ihr, mein Schatten fällt auf ihren Schoß. Mein Hals schwillt an von langen, komplizierten Sätzen, die ich ihr gern sagen würde. Mama, fange ich an.

Sie streckt die Hand aus. Guckt doch mal, sagt sie, der Mann mit dem Kreuz!

Er zieht sein Kreuz dicht am Wasser durch den Sand, vorbei an all den hübschen Mädchen in ihren geblümten Bikinis, den jungen Männern in Bermudas und mit ihren Bitex-Brillen. Er stellt sein Kreuz gegen einen Felsen und beginnt, kleine Karten zu verteilen.

Schließlich kommt er auch zu uns. Meine Mutter streckt ihm die Hand entgegen. Auf der Karte ist er selbst mit dem Kreuz auf dem Rücken abgebildet, darunter steht ›Warum?‹.

Erklären Sie mir das, sagt meine Mutter und sieht ihn ernsthaft an.

Er kommt noch einen Schritt näher, geht vor ihr

in die Hocke. Er fährt sich durch das ananasgelbe Haar und lächelt schüchtern.

Ich war ein Arschloch, sagt er, ein Alkoholiker und ein Arschloch. Bis mich Jesus gerufen hat. Er gab mir eine Aufgabe. 6000 Meilen bin ich für Ihn schon gegangen, bis runter nach Mexiko. Fünf Kreuze hat man mir bereits gestohlen. Ich habe nichts, aber Er sorgt für mich. Jeder Tag bringt das, was er bringt. Er verstummt.

Ich bewundere Sie, sagt meine Mutter.

Er lächelt. Ich tue nur meinen Job, sagt er. Gott segne Sie, Ma'am. Er steht auf und geht weiter.

Meine Mutter sieht ihm nach, dann wendet sie kurz den Kopf zu mir und sagt zusammenhanglos: Als du zwei Jahre alt warst, waren wir einmal in Spanien am Meer. Ich ging schwimmen, und du standest in einer rosa Badehose heulend am Strand, du wolltest mich nicht gehen lassen. Immer hast du hinter mir her geschrien. Keinen Schritt durfte ich allein tun. Ich brauchte mich manchmal nur zu bewegen, schon fingst du an zu schreien. Länger als alle anderen Kinder hast du das gemacht, und ich wusste nicht, warum. Ich hatte dich nie allein gelassen, nie. Zwei Jahre lang habe ich dich herumgetragen, weil ich ein Buch gelesen hatte, in dem behauptet wurde, dass Kinder, die dauernd herumgetragen werden wie bei den Indiofrauen oder Afrikanerinnen, zuversichtlicher und angstfreier sind als andere Kinder.

Ich schwamm immer weiter hinaus, und draußen war alles so friedlich, der Mond stand schon am Himmel, obwohl es erst früh am Nachmittag war, ich war allein, zum ersten Mal seit deiner Geburt ganz allein. Ich fühlte mich wie ein Mensch, den ich mal gut gekannt, aber dann aus den Augen verloren hatte. Es war so still und schön da draußen, dass ich immer weiterschwamm, immer weiter, wie unter Zwang. So lange, bis meine Nägel dunkelblau waren und ich vor Anstrengung zu zittern begann. Ich wollte nie mehr zurück. – Du hast das gewusst. Als ich aus dem Wasser kam, hörte ich dich weinen, und Bodo sagte, er habe dich einfach nicht beruhigen können. Alle Leute am Strand sahen mich vorwurfsvoll an.

Sie macht eine Pause und putzt Ben den Sand aus dem Gesicht.

Du hast das immer von mir gewusst, sagt sie. Aber es hat nichts mit euch zu tun, verstehst du das?

Ich fahre mit der einen Hand in meinen Rucksack und umklammere meine Bitex-Brille. Ja, sage ich, verstehe ich.

Eine Frau in einem silbernen Bikini mit einem fetten Arsch geht an uns vorbei.

Angelina, sagt meine Mutter, sag mir die Wahrheit, ist mein Hintern so dick wie der da?

In der Nacht, als alle schlafen, setze ich im Dunkeln die Brille auf. Ich lächle, und die Ränder der Gläser schaben leicht an meinen Wangen. Ich höre den schnellen Babyatem von Ben, das Schnarchen meines Vaters, Philips unruhige Bewegungen im Schlaf. Nur meine Mutter höre ich nicht. Sie schläft vollkommen geräuschlos.

Ich lege mich ins Kissen zurück, die Nacht ist goldenschwarz. Ich schließe die Augen hinter der Brille und weiß, ich werde nie wieder dieselbe sein.

Martin Suter

Huber spannt aus

Hubers Strandliege hat einen weißen Überzug mit der Aufschrift »Coco Beach«. Caroline liegt neben ihm, dazwischen steckt ein Schirm mit der gleichen Aufschrift. Ein junger Mann in einem T-Shirt mit der gleichen Aufschrift geht zwischen den Liegen umher und kassiert die Mietgebühren.

Solange er nicht bei ihm vorbeigekommen ist, kann Huber sich nicht richtig entspannen. Im Gegensatz zu Caroline. Wenn er sich nicht täuscht, schläft sie bereits. Auf jeden Fall hat sie die Augen geschlossen. Möglich, dass sie das nur zur Vermeidung heller Krähenfüße tut, aber die Wirkung ist die gleiche: Sie bietet ein Bild absoluter Entspannung und hat das administrative Problem an ihn delegiert.

Dabei ist er es, der Ferien braucht. Laut Caroline. »Schalte doch mal ab«, hat sie immer wieder gesagt. »Versuch doch einfach einmal drei Wochen nichts zu tun, nichts zu denken, einfach *zu sein.*«

Ein paar Liegen weiter spricht der Strandkassierer mit einer Frau. Huber versucht vergeblich, seine Aufmerksamkeit zu erlangen. Schließlich packt er das Portemonnaie, das griffbereit auf der Badetasche liegt, und steht auf.

Auf halbem Weg sieht Huber, dass die Frau, mit der der Kassierer spricht, kein Bikinioberteil zu tragen scheint. Sofort macht er kehrt, geht zurück zu seiner Liege, schlüpft aus den Schlappen und legt sich wieder hin. Caroline hat von seiner Abwesenheit nichts mitbekommen. Er könnte ertrinken, sie würde sich nicht bei ihrer Entspannung stören lassen.

Seine frisch eingecremten Füße sind jetzt von weißem Sand überzuckert wie zwei Berliner. Er setzt sich wieder auf und säubert sie, so gut es geht. Dann die Hände, so gut es geht. Dann das Buch *Relax. Der schnelle Weg zu neuer Energie.*

Als er wieder zur Liege mit der jungen Frau hinüberschaut, ist der Beachboy verschwunden. Selber schuld, denkt Huber. Falls ich dann schlafe, wenn er kassieren will, muss er halt später wiederkommen.

Huber schließt die Augen. Wie einer, der sich schlafend stellt, weil er sich die Liegestuhlmiete nicht leisten kann, kommt es ihm in den Sinn. Er stützt sich auf den Ellbogen und hält Ausschau nach dem Mann im Coco-Beach-T-Shirt.

Wie ein Strandvoyeur, fährt es ihm durch den

Kopf. Sofort legt er sich auf den Rücken, greift das Buch und hält es in bequemer Lesedistanz über den Kopf. Ein feiner Sandregen rieselt ihm aus den Seiten in die Augen. Er säubert die Zeigefinger, so gut es geht, und reibt vorsichtig die Augendeckel von der Mitte gegen die Nasenwurzel. Sofort fangen die Augen an zu brennen wie nach einer Pfefferspray-Attacke. »Avoid eye contact« hatte auf der wasserfesten Sonnencreme, Faktor 20, gestanden.

»Mami, warum weint der Mann?«, hört er ein Stimmlein fragen.

»Vielleicht ist er traurig, dass die Ferien so kurz sind«, antwortet die Mutter.

»Armer Mann«, sagt das Stimmlein.

»Hau ab!«, knurrt Huber.

II

Mit einem Zipfel des Badetuchs versucht Huber, sich den Sand aus den brennenden Augen zu tupfen. Caroline hat ihre geschlossen und macht keine Anstalten, ihm beizustehen.

Dabei trägt sie die Verantwortung. Ohne sie wäre er nicht hier, hätte keinen Sand aus den Augen gerieben und keine Sonnencreme an den Fingern gehabt. Andere Frauen wären längst dabei, die Augen ihrer Männer vorschriftsgemäß mit großen Mengen Wasser gründlich zu spülen. Nicht so Caroline. Sie liegt auf der Strandliege und meidet jede Aufregung.

Mit zusammengekniffenen Augen tastet er nach seinen Schlappen, findet sie nicht und macht sich barfuß auf den Weg zur Coco-Beach-Bar. Nach ein paar würdevollen Schritten im glühenden Sand verfällt er in einen lockeren Laufschritt, den Rest der Strecke legt er Haken schlagend von Sonnenschirmschatten zu Sonnenschirmschatten zurück. Mit brennenden Augen und Füßen wartet er, bis die Toilette frei wird.

Im Büro hätte er jetzt die Wahl zwischen drei um diese Jahreszeit praktisch nicht frequentierten Direktionstoiletten.

Nach ein paar Minuten geht die Tür auf. Die junge Frau, mit der sich der Liegestuhlkassierer so lange unterhalten hat, kommt heraus. Sie wirft ihm einen misstrauischen Blick zu. Huber erkundigt sich beim Barman nach der Herrentoilette und erfährt, dass es nur diese eine Toilette gibt. Er geht zurück und sieht gerade noch, wie der Liegestuhlkassierer in der Tür verschwindet. Um die Begegnung zu vermeiden – er hat das Portemonnaie auf der Badetasche liegenlassen –, beobachtet er die Toilette aus der Distanz.

Als der junge Mann herauskommt, sieht Huber

eine ältere Frau auf die Toilette zusteuern. Er schafft es gerade noch, vor ihr die Tür zu erreichen, und hört sie sagen: »Aha, ein Gentleman.«

Huber dreht den Hahn des Waschbeckens voll auf und schaufelt sich mit beiden Händen Wasser in die offenen Augen. Das Brennen nimmt sofort zu. Salzwasser.

Huber eilt zur Theke. »Trinkwasser!«, ruft er dem Barman zu.

»Mit oder ohne Gas?«

Er bestellt eines ohne, trinkt einen Schluck, benetzt unauffällig eine Papierserviette und wäscht sich diskret die Augen aus. Das Brennen lässt nach. Er tänzelt über den heißen Sand zur Liege zurück, Caroline hat sich nicht gerührt.

Das Portemonnaie ist noch dort. Er nimmt es, hüpft zur Bar zurück und bezahlt.

Als er zur Liege zurückkommt, ist Caroline wach.

»Der junge Mann wollte kassieren, aber du musstest ja das ganze Geld in die Bar mitnehmen.«

Es gelingt Huber, sich wortlos hinzulegen und schlafend zu stellen. Der Schweiß in seinem Körper versucht vergebens, die Schicht wasserfeste Sonnencreme, Faktor 20, zu durchdringen.

Im Büro würde er jetzt eventuell das Jackett ausziehen. Oder die Klimaanlage kühler einstellen.

III

Wie soll sich eine Schweizer Führungskraft entspannen auf einer Strandliege, deren Miete nicht bezahlt ist? Noch dazu, wenn die Ehefrau auf der Nachbarliege (deren Miete er ebenfalls schuldet) ihn ermahnt, sich endlich zu entspannen.

»Ich bin ja entspannt«, murrt Huber, ohne die Augen zu öffnen.

»Nein, du denkst ans Geschäft. Du bewegst die Zehen.«

Jetzt, wo sie es erwähnt, wird er sich bewusst, dass er die Füße zu Fäusten ballt und zu Füßen streckt, ballt und streckt, ballt und streckt.

»Das tu ich zur Entspannung«, belehrt er Caroline, ohne Hoffnung, dass sie sich mit dieser Erklärung zufriedengeben würde.

»Und weshalb ist dann dein Gesicht so verkniffen?«

Huber merkt, dass er die Augen so fest zugepresst hat, dass er, falls er tatsächlich einschlafen sollte, mit einem Gesichtsmuskelkater erwachen würde.

»Falls ich schlafe, wenn der Typ die Liegen und den Sonnenschirm kassieren kommt: Das Portemonnaie ist im Außenfach der Badetasche«, sagt er, um das Thema zu wechseln.

»Ach, deshalb«, sagt Caroline.

»Deshalb was?«

»Bist du so verkrampft. Du wartest auf den Strandwächter.«

»Ich warte überhaupt nicht, ich will nur nicht, dass du mich weckst, wenn er kommt. Nur das.«

»Wenn wir schlafen, wenn er kommt, muss er halt später wiederkommen.«

Wir! Sie nimmt also in Kauf, dass sie schläft, wenn der Strandwächter kommt.

Wenn sie sich doch solche Sorgen macht, dass er sich nicht entspannen könne, bis die Miete der Liegen und des Schirms bezahlt ist, warum sagt sie dann nicht »Relax, Schatz, ich kümmere mich um die Sache«?

Wenn Flawiler aus der Finanz anstelle von Caroline neben ihm läge, dann wäre Huber völlig entspannt. Flawiler würde ihn nicht mit Details wie der Abgeltung der Liegenmiete behelligen. Er würde sich zum gegebenen Zeitpunkt darum kümmern und, wie er ihn kennt, sogar noch besonders günstige Konditionen herausholen. Während Huber sich um die wichtigen Aufgaben kümmern könnte. Um seine Entspannung, zum Beispiel.

Oder Hopfer. Wenn Hopfer von der Rechtsabteilung neben ihm läge, würde Huber einschlummern und müsste sich keine Sorgen machen, es könnten Zweifel an der Rechtmäßigkeit seiner Liegenbenutzung aufkommen. Hopfer würde dem Vermieter zum Beispiel klarmachen, dass es sich in diesem Fall um eine Holschuld des Vermieters handle, dessen Anspruch inzwischen allerdings erloschen sei.

Eine Zeitlang lässt ihn der Gedanke an Flawiler und Hopfer beinahe eindösen.

Aber er liegt neben Caroline! Und riskiert, als Strandliegen-Squatter verhaftet und abgeschoben zu werden!

»Jetzt hast du wieder angefangen, ans Geschäft zu denken«, sagt Caroline. »Ich seh's an deinen Füßen.«

F. Scott Fitzgerald

Der Riffpirat

Diese unglaubliche Geschichte beginnt auf einem traumhaft blauen, wie blauseidene Damenstrümpfe changierenden Meer und unter einem Himmel, so blau wie die Iris von Kinderaugen. Von der westlichen Himmelshälfte her streute die Sonne goldene Plättchen auf die Wasserfläche; und wer ganz genau hinsah, konnte erkennen, wie sie von Wellenkamm zu Wellenkamm hüpften, um sich zu guter Letzt zusammenzuscharen und jenes breite Halsband von eitel Gold zu formen, aus dem am Ende eine halbe Meile voraus ein strahlend schöner Sonnenuntergang werden sollte. Ungefähr auf halbem Wege zwischen der Küste von Florida und jenem goldenen Halsband schwoite, sehr jung und anmutig, eine weiße Dampfyacht um ihren Anker, und achtern auf dem Deck lag unter einer blauweißen Markise ein Mädchen mit flachsblondem Haar auf einem Korbsofa und las *Aufruhr der Engel* von Anatole France.

Sie mochte vielleicht neunzehn Jahre alt sein, rank

und schlank, mit einem ebenso verwöhnten wie verführerischen Mund und lebhaften grauen, vor Neugier leuchtenden Augen. Ihre unbestrumpften, von blauen, lässig von den Zehen herabwippenden Satinpantoffeln weniger verhüllten als vielmehr gezierten Füße ruhten auf der Armlehne eines zweiten Sofas unmittelbar neben dem ihren. In der Hand hielt sie eine halbe Zitrone, an der sie ab und zu genüsslich leckte, um sich beim Lesen zu erfrischen. Die andere Hälfte der Zitrone lag ausgelutscht auf dem Boden und schaukelte leise im Rhythmus der kaum wahrnehmbaren Strömung hin und her.

Das Fruchtfleisch der zweiten Zitronenhälfte war beinahe aufgezehrt, und das goldene Halsband hatte erstaunlich an Weite gewonnen, als auf einmal schwere Schritte die in schläfriger Stille dahindämmernde Yacht aufstörten und ein mit einem ordentlich gescheitelten Grauschopf versehener und mit einem weißen Flanellanzug bekleideter älterer Herr oben an der Kajütstreppe erschien. Dort verharrte er einen Moment, bis sich seine Augen an die Sonne gewöhnt hatten, dann sah er das Mädchen unter der Markise und gab ein leises, langgezogenes und missfälliges Knurren von sich.

Sollte er damit die Absicht verfolgt haben, irgendeine Art von Aufschreckung zu bewirken, so wurde er enttäuscht. Das Mädchen blätterte seelenruhig zwei Seiten gleichzeitig um, schlug dann eine wieder zurück, hob die Zitrone gedankenverloren auf Zungenhöhe und gähnte – ganz leicht nur, aber doch unmissverständlich.

»Ardita!«, sagte der Grauschopf streng.

Ardita machte einen kurzen Laut, aus dem sich nichts entnehmen ließ.

»Ardita!«, wiederholte er. »Ardita!«

Ardita hob träge die Zitrone zum Mund und ließ sich, kurz bevor sie mit der Zunge drüberfuhr, zu einem knappen Dreiwortsatz herbei:

»Halt die Klappe.«

»Ardita!«

»Was denn?«

»Willst du mir jetzt zuhören – oder muss ich erst einen Diener holen, damit er dich festhält, während ich mit dir rede?«

Die Zitrone vollführte eine langsame, sarkastische Abwärtsbewegung.

»Gib's mir doch schriftlich.«

»Würdest du wohl so viel Anstand haben, dieses abscheuliche Buch zu schließen und diese blöde Zitrone für zwei Minuten wegzulegen?«

»O Mann, kannst du mich denn nicht mal eine Sekunde in Ruhe lassen?«

»Ardita, ich bekam soeben einen Telefonanruf von Land –«

»Telefon?« Zum ersten Mal zeigte sie einen Anflug von Interesse.

»Ja, es war –«

»Soll das heißen«, fiel sie ihm erstaunt ins Wort, »hier draußen gibt's 'ne Leitung?«

»Ja, und soeben –«

»Und da kommt einem kein andres Schiff in die Quere?«

»Nein. Die geht ja auf dem Grund entlang. Vor fünf Mi–«

»Mein lieber Scholli! Hut ab! Ein Wunderwerk der Technik, was?«

»Würdest du mich jetzt bitte einmal ausreden lassen?«

»Schieß los!«

»Also, es ist – also, ich bin hier heraufgekommen, um –« Er unterbrach sich und schluckte ein paarmal vor Verlegenheit. »Ah, ja. Junge Dame, Colonel Moreland hat noch einmal angerufen, er hat mich dringend gebeten, dich zu diesem Dinner mitzubringen. Sein Sohn Toby ist extra aus New York angereist, um dich kennenzulernen, und es sind auch noch eine Menge andere junge Leute eingeladen. Zum letzten Male, wirst du –«

»Nein«, sagte Ardita kurz, »ich denk nicht dran. Du weißt doch, dass ich diese blöde Kreuzfahrt überhaupt nur mitmache, weil sie nach Palm Beach gehen soll, aber irgendeinen blöden alten Colonel oder irgendeinen blöden jungen Toby oder irgendwelche blöden jungen Leute kennenzulernen, das lehne ich rundheraus ab, und ich denke gar nicht daran, auch nur einen Fuß in irgendeine andre blöde alte Stadt in diesem durchgedrehten Bundesstaat hier zu setzen. Entweder du bringst mich nach Palm Beach, oder du hältst die Klappe und schiebst ab.«

»Sehr gut. Damit hast du das Fass zum Überlaufen gebracht. So vernarrt, wie du in diesen Mann bist – diesen Mann, der ein berüchtigter Wüstling ist, diesen Mann, dem dein Vater nicht einmal erlaubt haben würde, auch nur deinen Namen auszusprechen –, so vernarrt wie du in diesen Mann bist, das ist allenfalls der Halbwelt würdig, aber nicht den Kreisen, in denen du ja doch wohl aufgewachsen bist. Von heute an –«

»Ja, ja«, fiel ihm Ardita spöttisch ins Wort, »›von heute an sind wir geschiedene Leute‹. Du wiederholst dich. Aber weißt du was? Nichts, was mir lieber wäre.«

»Von heute an«, erklärte er pathetisch, »habe ich keine Nichte mehr. Ich –«

»A-a-a-ah!« So klang der Schmerzensschrei einer verlorenen Seele, der sich Arditas Brust entrang. »Jetzt hör doch mal auf, mir auf die Nerven zu gehn! Schieb endlich ab! Von mir aus kannst du über Bord springen und ersaufen! Muss ich dir erst das Buch hier an den Kopf schmeißen?«

»Wehe, du wagst es –«

Klatsch! Der *Aufruhr der Engel* flog durch die Luft, verfehlte sein Ziel nur um die Länge eines kurzen Näschens und hüpfte fröhlich die Kajütstreppe hinunter.

Der Grauschädel trat instinktiv einen Schritt zurück und dann vorsichtig zwei Schritte nach vorn. Ardita sprang auf, reckte sich zu ihrer vollen Länge von einem Meter fünfundsechzig empor und starrte ihn mit ihren grauen, vor Empörung flackernden Augen trotzig an.

»Hau ab!«

»Wie kannst du es wagen!«, schrie er.

»Verdammt noch mal, ich mach, was mir gefällt!«

»Du wirst immer unerträglicher! Dein Charakter …«

»Selber schuld! Wenn ein Kind einen schlechten Charakter hat, dann ist das einzig und allein die Schuld seiner Familie! Schließlich habt ihr mich doch zu dem gemacht, was ich bin.«

Da drehte sich ihr Onkel brabbelnd und brummelnd um und machte sich, laut nach der Barkasse rufend, davon. Doch dann kam er noch einmal zurück. »Ich gehe jetzt an Land«, sagte er in bedächtigem Ton zu Ardita, die inzwischen wieder unter der Markise Platz genommen hatte und mit ihrer Zitrone beschäftigt war. »Heute Abend um neun bin ich wieder an Bord. Und danach fahren wir unverzüglich heim nach New York. Dort werde ich dich deiner Tante übergeben. Bei der kannst du dann bis ans Ende deiner Tage bleiben und dein tristes, oder besser: dein wüstes Leben fristen.«

Doch plötzlich hielt er inne und fasste sie ins Auge, und beim Anblick ihrer Schönheit, die etwas so unerhört Kindliches hatte, krampfte sich ihm das Herz zusammen, sein Groll erschlaffte wie ein aufgeblasener Reifen, aus dem die Luft entweicht, und er stand da und kam sich hilflos vor, unsicher und vollkommen töricht.

»Ardita«, sagte er nicht unfreundlich, »ich bin nicht von gestern. Ich bin herumgekommen in der Welt. Ich kenne die Männer. Und, Kind, so ein eingefleischter Libertin, der ändert sich nicht einfach, es sei denn, er wird müde – und dann ist er nicht mehr der, der er mal war, dann ist er nur noch eine leere Hülle, ein Schatten seiner selbst.« Er sah sie an, als hoffte er auf ihre Zustimmung, doch als nichts dergleichen zu sehen oder zu hören war, fuhr er fort. »Durchaus möglich, dass der Mann dich liebt, das ist nicht auszuschließen, nur: Er hat schon viele Frauen geliebt, und er wird noch viele lieben. Nicht einmal einen Monat ist es her, Ardita, nicht mal einen Monat, dass er diese allseits bekannte Affäre mit dieser Rothaarigen hatte, dieser Mimi Merril; das Diamantarmband hat er ihr versprochen, das der russische Zar seiner Mutter geschenkt hat. Das weißt du doch – das hast du doch in der Zeitung gelesen.«

»Sensationelle Skandale – erzählt von einem ängstlichen Onkel«, gähnte Ardita. »Lass die Story doch verfilmen. Hintertückischer Lebemann macht jungfräulichem Bubikopf schöne Augen. Verführt schlussendlich jungfräulichen Bubikopf mit Hilfe seiner finsteren Vergangenheit. Bubikopf hat die Absicht, sich in Palm Beach mit ihm zu treffen. Plan wird von ängstlichem Onkel vereitelt.«

»Himmelherrgott, kannst du mir vielleicht mal sagen, warum du ihn heiraten willst?«

»Eher nicht«, entgegnete Ardita kurz. »Vielleicht, weil er von allen Männern, die ich kenne – egal, ob gut, ob schlecht –, der einzige ist, der Phantasie hat und den Mut, eine eigene Meinung zu vertreten. Vielleicht, damit ich diese ganzen jungen Trottel los bin, die nichts Besseres zu tun haben, als mir landauf, landab hinterherzurennen. Aber was das russische Armband angeht, in dem Punkt kannst du ganz beruhigt sein. Das wird er mir nämlich in Palm Beach schenken – wenn du auch nur ein Fitzelchen Verstand beweist.«

»Und was ist mit der – mit der Rothaarigen?«

»Die hat er seit einem halben Jahr nicht mehr gesehen«, sagte sie wütend. »Du glaubst doch wohl nicht etwa, ich hätte nicht den nötigen Stolz, um solche Dinge vorab klarzustellen? Hast du denn immer noch nicht kapiert, dass ich die Kerle allesamt nach Lust und Laune um den Finger wickeln kann?«

Sie reckte das Kinn empor wie die berühmte Frankreich-in-Aufruhr-Büste von Jo Davidson, vermasselte allerdings die Pose ein klein wenig, indem sie die Zitrone hob, um abermals zur Tat zu schreiten.

»Ist es das russische Armband, das dich so fasziniert?«

»Nein, ich versuche lediglich, dir ein Argument zu liefern, das deiner Intelligenz entspricht. Und ich möchte, dass du endlich abschiebst«, sagte sie, nahe daran, von neuem die Geduld zu verlieren. »Du weißt doch, dass ich prinzipiell nie meine Meinung ändere. Seit drei Tagen langweilst du mich jetzt mit dieser Sache und machst mich ganz verrückt. Ich gehe nicht an Land! Niemals! Verstehst du? Nie und nimmer!«

»Na gut«, sagte er, »aber nach Palm Beach gehst du auch nicht. So was Selbstsüchtiges, Verwöhntes, Unerzogenes und Unerträgliches wie du ist mir wirklich noch nicht –«

Batsch! Die Zitronenhälfte erwischte ihn im Genick. Gleichzeitig kam von unten her ein Ruf.

»Die Barkasse ist bereit, Mr. Farnam.«

Zu voll der Worte und des Zorns, um noch etwas sagen zu können, warf Mr. Farnam seiner Nichte einen zutiefst verächtlichen Blick zu, machte auf dem Absatz kehrt und kletterte hastig die Leiter hinunter.

Die fünfte Stunde wälzte sich von der Sonne herab und plumpste ohne einen Laut ins Meer. Das goldene Halsband weitete sich aus und wurde zu einem glitzernden Eiland, und die sanfte Brise, die eben noch mit den Säumen der Markise gespielt und den einen baumelnden Pantoffel gewiegt hatte, trug mit einem Mal ein Lied heran. Gesungen wurde es von einem Männerchor, der perfekt mit dem Rhythmus der Ruder harmonierte, welche die blauen Wasser teilten und den Gesang begleiteten. Ardita hob den Kopf und horchte.

»Erbsen und Speck,
Bohnen sind weg,
Schweine an Deck,
Kommt, Geselln – oh!
Tretet den Balg,
Tretet den Balg,
Tretet den Balg!
Wind macht schnell – oh.«

Verwundert kräuselte Ardita ihre Brauen. Ganz still saß sie da und lauschte angestrengt dem Chor, der eine zweite Strophe sang.

»Zwiebeln und Bohn',
Marschall samt Sohn,
Goldberg und Cohn
  Und Costello.
Tretet den Balg,
Tretet den Balg,
Tretet den Balg!
Wind macht schnell – oh.«

Mit einem Ausruf des Erstaunens warf sie ihr Buch auf den Boden, wo es bäuchlings liegenblieb, und stürzte an die Reling. Fünfzehn Meter voraus näherte sich ein großes Ruderboot mit sieben Mann Besatzung, von denen sechse singend ruderten und einer aufrecht achtern stand und mit einem Dirigentenstab den Takt schlug.

»Austern à jour,
Sägemehl pur,
Wer baut 'ne Uhr
Um zum Cello? –«

Und dann ruhten die Augen des Anführers plötzlich auf Ardita, die sich, wie gebannt vor Neugier, über die Reling beugte. Er machte eine schnelle Bewegung mit seinem Taktstock, und sogleich verstummte der Gesang. Ardita sah, dass er der einzige Weiße auf dem Boot war – die sechs Ruderer waren allesamt schwarz.

»Ahoi Narcissus!«, rief er höflich.

»Was soll denn dieser ganze Krach bedeuten?«, fragte Ardita fröhlich. »Ist das die Schulmannschaft der örtlichen Klapsmühle?«

Unterdessen schrammte das Boot den Rumpf der Yacht, ein baumlanger, kräftig gebauter Neger, der vorn am Bug stand, drehte sich um und griff nach der Leiter. Der Anführer verließ seinen Posten hinten auf dem Heck, kletterte, noch ehe Ardita begriff, was er vorhatte, eilig die Leiter hoch und stand, vollkommen außer Atem, vor ihr an Deck.

»Frauen und Kinder werden verschont!«, erklärte er forsch. »Sämtliche schreienden Babys werden unverzüglich ertränkt und alle Männer doppelt in Ketten gelegt!«

Ardita vergrub die Hände vor Aufregung in den Taschen ihres Kleides und starrte ihn in sprachlosem Erstaunen an.

Er war ein junger Mann mit dunklem Teint und einem feingeschnittenen Gesicht, hatte einen spöttischen Zug um den Mund und die leuchtend blauen Augen eines gesunden Säuglings. Sein Haar war pechschwarz, feucht und gelockt wie das einer sonnengebräunten griechischen Statue. Er war gut gebaut, gut gekleidet und anmutig wie ein behender Quarterback.

»Heiliges Kanonenrohr!«, sagte sie ganz benommen.

Sie fassten einander kühl ins Auge.

»Übergeben Sie das Schiff?«

»Soll das ein Heiterkeitsausbruch sein?«, fragte Ardita. »Sie sind doch wohl nicht ganz bei Troste – oder sind Sie kürzlich irgendeiner Bruderschaft beigetreten?«

»Ich frage Sie, ob Sie das Schiff übergeben.«

»Ich hab gedacht, in diesem Lande herrscht Prohibition«, sagte Ardita von oben herab. »Sie haben wohl Nagellack getrunken oder was? Sehn Sie bloß zu, dass Sie von dieser Yacht hier runterkommen!«

»Wie bitte?« Im Ton des jungen Mannes drückte sich Verblüffung aus.

»Haben Sie nicht gehört? Sie sollen runter von der Yacht!«

Er sah sie einen Moment an, als ließe er sich ihre Worte durch den Kopf gehen.

»Nein«, kam es dann bedächtig aus seinem spöttischen Mund; »nein, ich geh nicht runter von der

Yacht. Gehn Sie doch runter, wenn es Ihnen Spaß macht.«

Dann trat er an die Reling und gab ein kurzes Kommando, und im nächsten Augenblick kletterte die Crew des Ruderbootes die Leiter hoch und stellte sich in einer Reihe vor ihm auf, an einem Ende ein stämmiger, kohlschwarzer Nigger und am anderen ein Mulattenzwerg, der knapp eins fünfzig maß. Sie waren, gleichsam uniform, mit blauen Anzügen bekleidet, die Staub, Schlamm und diverse Risse zierten; jeder hatte über der Schulter einen kleinen weißen, sichtlich schwergewichtigen Beutel hängen, und unterm Arm trugen sie große schwarze Kästen, in denen sich allem Anschein nach ihre Musikinstrumente befanden.

»Aaach-tonk!«, kommandierte der junge Mann und schlug dabei selber zackig die Hacken zusammen. »Reeechs-omm! Augen graade-oss! Vortreten, Babe!«

Der kleinste Schwarze trat rasch einen Schritt nach vorn und salutierte.

»Jassaah!«

»Du übernimmst das Kommando, runtergehn, die Crew gefangen nehmen und alle Männer fesseln, bis auf den Maschinisten. Den bringst du rauf zu mir. Ach ja, und eure Beutel, die könnt ihr da drüben an der Reling stapeln.«

»Jassaah!«

Babe salutierte abermals, machte kehrt und gab den fünf anderen ein Zeichen, sich um ihn zu scharen. Flüsternd berieten sie sich einen Augenblick und stiegen dann alle miteinander lautlos und im Gänsemarsch die Kajütstreppe hinunter.

»So«, sagte der junge Mann frohgemut zu Ardita, die der Szene starr und stumm beigewohnt hatte, »wenn Sie mir bei Ihrer Bubikopf-Ehre – die allerdings eh nicht viel wert sein dürfte – schwören, dass Sie Ihr verwöhntes kleines Mäulchen achtundvierzig Stunden lang ganz fest geschlossen halten, dann können Sie von mir aus jetzt in unserm Ruderboot ans Ufer rudern.«

»Und wenn nicht?«

»Wenn nicht, dann fahren Sie mit einem Schiff aufs offene Meer hinaus.«

Mit einem kleinen, einer gut gemeisterten Krise wohl angemessenen Seufzer ließ sich der junge Mann auf das Korbsofa fallen, von dem Ardita kürzlich aufgestanden war, und streckte faul die Arme aus. Er musterte die bunt gestreifte Markise, das blank geputzte Messing und die ganze luxuriöse Ausstattung an Deck, seine Züge entspannten sich, und um die Mundwinkel spielte etwas wie Anerkennung. Sein Blick fiel auf das Buch, dann auf die ausgelutschte Zitrone.

»Hm«, sagte er, »Stonewall Jackson hat behauptet, von Zitronensaft kriegt er einen klaren Kopf. Und Sie? Schön klar im Kopf, ja?«

Ardita würdigte ihn keiner Antwort.

»Weil, in den nächsten fünf Minuten müssen Sie eine klare Entscheidung treffen, ob Sie hier verschwinden oder bei uns bleiben wollen.«

Er hob das Buch vom Boden auf und schaute neugierig hinein.

»*Aufruhr der Engel.* Klingt ja richtig gut. Französisch, was?« Er starrte sie mit wieder erwachtem Interesse an. »Sind Sie Französin?«

»Nein.«

»Wie heißen Sie eigentlich?«

»Farnam.«

»Farnam – wie noch?«

»Ardita Farnam.«

»Na schön, Ardita, also, hier herumzustehn und sich die Backentaschen abzukauen hat keinen Sinn. Gewöhnen Sie sich diese nervösen Marotten lieber ab, solange Sie noch jung sind. Kommen Sie mal her hier, setzen Sie sich mal da hin.«

Ardita holte ein geschnitztes Jadekästchen aus der Tasche, entnahm ihm eine Zigarette und zündete sie mit bewusst gelassener Pose an, obwohl sie durchaus merkte, dass ihr ein bisschen die Hände zitterten; dann ging sie mit geschmeidig-federndem Schritt zu dem anderen Sofa hinüber, nahm darauf Platz und blies eine Rauchwolke zur Markise hinauf.

»Sie werden mich nicht von der Yacht vertreiben«, sagte sie entschlossen. »Und wenn Sie wirklich glauben, Sie kommen damit durch, dann kann's ja mit Ihrem Verstand nicht allzu weit her sein. Mein Onkel wird nämlich spätestens um halb sieben kreuz und quer über den Ozean Funksprüche losgelassen haben.«

»Hm.«

Ein rascher Blick in sein Gesicht genügte ihr, um seine Furcht zu sehen, die sich in einem minimalen Abwärtsgleiten seiner Mundwinkel bemerkbar machte.

»Mir kann's ja egal sein«, sagte sie achselzuckend. »Ist ja nicht meine Yacht. Von mir aus können wir hier ruhig eine kleine Kreuzfahrt machen. Ich pump Ihnen sogar mein Buch, damit Sie nachher auf dem Zollboot, das Sie nach Sing Sing bringt, was zu lesen haben.«

Er lachte höhnisch.

»Falls das ein guter Rat sein sollte – keine Bange. Das Ganze ist Teil eines Plans, den es schon gab, als ich noch nicht mal wusste, dass diese Yacht überhaupt existiert. Und wenn's nicht diese hier gewesen wär, wär's halt die nächste gewesen, an der wir unterwegs vorbeigekommen wären, es liegen ja genug davon an diesem Küstenstrich vor Anker.«

»Wer sind Sie eigentlich?«, fragte Ardita plötzlich. »Und *was* sind Sie?«

»Sie haben also beschlossen, nicht an Land zu gehen?«

»Ich denk nicht mal im Traum daran.«

»Man kennt uns allgemein, uns alle sieben«, sagte er, »als *Curtis Carlyle und die Six Black Buddies,* zuletzt zu sehn am Broadway in Minskys Winter Garden und im Midnight Frolic an der Forty-second Street.«

»Ihr seid Sänger?«

»Wir waren es – bis heute. Momentan sind wir auf der Flucht vor der Justiz – wegen der weißen Beutel da drüben –, und ich müsste mich schwer irren, wenn die auf unsere Ergreifung ausgesetzte Belohnung nicht mittlerweile schon die 20 000-Dollar-Marke erreicht hat.«

»Und was ist in den Beuteln drin?«, fragte Ardita neugierig.

»Nennen wir's fürs Erste Schlamm«, sagte er. »Florida-Schlamm.«

Zehn Minuten nach der kleinen Unterredung, die Curtis Carlyle mit dem völlig verängstigten Maschinisten der Yacht gehabt hatte, war der Anker gelichtet, und die Narcissus dampfte durch die milde tropische Abenddämmerung gen Süden. Der kleine Mulatte Babe, der offenbar Carlyles bedingungsloses Vertrauen genoss, war ganz Herr der Lage. Mr. Farnams Kammerdiener und der Koch, die Einzigen von der Crew, die außer dem Maschinisten Widerstand geleistet hatten, lagen inzwischen sicher vertäut unten in ihren Kojen und konnten sich die Sache noch mal in aller Ruhe überlegen. Trombone Mose, der größte der sechs Schwarzen, war mit einer Büchse Farbe dabei, den Namen Narcissus am Bug zu überpinseln und durch den Namen Hula Hula zu ersetzen, und die Übrigen hatten sich achtern versammelt und spielten hingebungsvoll *Craps*.

Carlyle hatte angeordnet, dass das Essen zubereitet und um neunzehn Uhr dreißig an Deck serviert werden sollte, und sich dann wieder zu Ardita gesellt, war auf seinem Sofa in die Polster gesunken und mit halb geschlossenen Augen in einen Zustand abgrundtiefer Geistesabwesenheit verfallen.

Ardita betrachtete ihn mit prüfendem Blick und sortierte ihn sogleich unter der Rubrik »romantische Charaktere« ein. Er wirkte wie jemand, der ein maßloses, allerdings auf äußerst wackligen Füßen stehendes Selbstvertrauen besitzt – unmittelbar unter der Oberfläche jeder seiner Entscheidungen erkannte sie ein Zögern, das im krassen Gegensatz zu seinen arrogant geschürzten Lippen stand.

›Der ist nicht so wie ich‹, dachte sie. ›Irgendwo ist da ein Unterschied.‹

Als Egozentrikerin erster Güte, die sie war, dachte Ardita häufig über sich selber nach, und da sie nie auf die Idee gekommen war, ihr egozentrisches Verhalten selbstkritisch in Frage zu stellen, geschah dies vollkommen natürlich und ohne ihrem unbestreitbaren Charme in irgendeiner Weise Abbruch zu tun. Sie war neunzehn, wirkte aber wie ein überaus lebhaftes altkluges Kind, und im strahlenden Widerschein ihrer jugendlichen Gegenwart und Schönheit waren alle Leute, die sie traf, egal, ob Männer oder Frauen, einfach nur Treibholz auf den kräuselnden Gewässern ihrer Launen. Sie hatte auch schon andere Egozentriker kennengelernt – ja, sie hatte sogar die Feststellung gemacht, dass selbstsüchtige Menschen sie nicht ganz so arg langweilten wie selbstlose –, doch war sie bislang noch niemandem begegnet, der sich am Ende nicht geschlagen gab und ihr zu Füßen lag.

Zwar hatte sie den Mann da auf dem Sofa nebenan sogleich als Egozentriker erkannt, doch anders als sonst hatte sie diesmal nicht das Gefühl, dass ihr Verstand die Schotten dicht, das Schiff also gefechtsklar machte; vielmehr verriet ihr der Instinkt, dass der Bursche irgendwie vollkommen sturmreif war und völlig wehrlos. Wenn Ardita den gesellschaftlichen Konventionen trotzte, was neuerdings ihr bevorzugter Zeitvertreib war, so tat sie dies aus einem starken Drang heraus, sie selbst zu sein, und sie merkte sehr wohl, dass dieser Mann im Gegensatz zu ihr allein mit seinem eigenen Trotz beschäftigt war.

Ihr Interesse an ihm war viel größer als das an ihrer eigenen Situation, die sie nicht mehr bewegte, als ein zehnjähriges Kind die Aussicht bewegen mag, am Nachmittag ins Theater zu gehen. Sie vertraute blind auf ihre Fähigkeit, in jeder Lebenslage für sich selbst zu sorgen.

Die Nacht wurde tiefer. Mit dunstverhangenen Augen lächelte der fahle neue Mond hinunter auf das Meer, und während die Küste nach und nach im Dämmerlicht verschwand und dunkle Wolken wie Herbstlaub über den fernen Horizont trieben, ergoss sich plötzlich ein großer Schwall von Mondlicht über die dahineilende Yacht und breitete eine breite, glitzernde Bahn aus lauter ganz, ganz feinen, silbrig schimmernden Ketten vor ihr aus. Ab und zu flackerte ein Streichholz auf, und einer der Männer zündete sich eine Zigarette an, doch außer dem leisen Stampfen der Motoren und dem gleichmäßigen Schlagen der Wellen vorn um den Bug war es auf der Yacht so still wie auf einem Traumschiff, das am Firmament entlangzieht auf seiner Reise zu den Sternen. Von allen Seiten her umwehte sie der Geruch der nächtlichen See, der eine endlos große Sehnsucht mit sich trug.

Schließlich brach Carlyle das Schweigen.

»Sie Glückliche«, seufzte er. »Ich wollte immer reich sein – und mir all diese Schönheit kaufen.«

Ardita gähnte.

»Ich würde gerne mit Ihnen tauschen«, sagte sie frei heraus.

»Na klar – so ungefähr für einen Tag. Aber für einen Bubikopf sind Sie ganz schön mutig.«

»Ich mag's nicht, wenn man mich als Bubikopf bezeichnet.«

»Oh, Pardon.«

»Und was den Mut angeht«, fuhr sie bedächtig fort, »der ist ja meine einzige Rettung. Ich fürchte weder Tod noch Teufel.«

»Hm, ich schon.«

»Um sich zu fürchten«, sagte Ardita, »muss man entweder sehr groß und stark sein – oder aber ein Feigling. Ich bin weder das eine noch das andere.« Sie überlegte einen Moment und sprach dann in eiferndem Ton weiter. »Aber ich will mit Ihnen reden. Was um alles in der Welt haben Sie denn bloß angestellt – und wie haben Sie's angestellt?«

»Und warum?«, fragte er zynisch. »Sie wollen wohl ein Drehbuch schreiben über mich?«

»Na los schon«, drängte sie. »Lügen Sie mir nur was vor im Mondenschein. Denken Sie sich irgendeine phantastische Geschichte aus.«

Einer von den Schwarzen erschien, knipste die kleine Lichterkette unter der Markise an und begann den Korbtisch fürs Abendessen zu decken. Und während sie Scheiben von kaltem Huhn, Salat, Artischocken und Stachelbeermarmelade aus der reich gefüllten Vorratskammer im Unterdeck aßen, fing Carlyle an zu erzählen, zunächst noch zögernd, doch dann, als er ihr aufrichtiges Interesse spürte, mit wachsendem Eifer. Ardita rührte ihr Essen kaum an; sie war vollauf damit beschäftigt, sein dunkles junges Gesicht zu betrachten – sein hübsches, spöttisches, etwas unscheinbares Gesicht.

Begonnen habe er sein Leben, sagte er, als armer Leute Kind in einer Stadt in Tennessee, so arm, dass er und seine Familie die einzigen Weißen in ihrer Straße waren. Er könne sich nicht erinnern, irgendwelche gleichaltrigen Weißen gekannt zu haben – aber dafür gab es ein Dutzend kleine Negerkinder, die ihm unweigerlich auf Schritt und Tritt nachgelaufen kamen, leidenschaftliche Bewunderer, die er mit seiner lebhaften Phantasie bei der Stange hielt und damit, dass sie alle naselang seinetwegen in der

Patsche saßen und er sie jedes Mal wieder herausholte. Und anscheinend hatte diese Verbindung ein ziemlich ungewöhnliches musikalisches Talent in recht eigenartige Bahnen gelenkt.

Da sei so eine Farbige namens Belle Pope Calhoun gewesen, die auf den Festen für die weißen Kinder Klavier spielte – die netten weißen Kinder, die für Curtis Carlyle höchstens ein verächtliches Schniefen übrighatten. Doch der zerlumpte kleine »Pfui-bah-bah-Weiße« saß immer stundenlang neben ihr am Piano und versuchte, mit dem Kazoo, auf dem die kleinen Jungs so gerne tröten, eine ordentliche Altbegleitung hinzukriegen. Er war noch keine dreizehn, da tingelte er schon, um sich über Wasser zu halten, durch die kleinen Cafés von Nashville und entlockte seiner ramponierten alten Geige einen richtig juckigen Ragtime. Acht Jahre später hatte das Ragtimefieber das ganze Land erfasst, und er tourte mit sechs Schwarzen durch die berühmten Orpheum-Vaudeville-Theater. Mit fünfen davon war er zusammen aufgewachsen, und der sechste war Babe Divine, jener kleine Mulatte, ein Niggerzwerg aus der New Yorker Ecke und früher mal, vor langer Zeit, Arbeiter auf einer Plantage in Bermuda, bis er seinem Herrn ein Stilett mit einer Zwanzig-Zentimeter-Klinge von hinten zwischen die Rippen gejagt hatte. Carlyle hatte noch gar nicht richtig kapiert, was für ein Glückspilz er war, da trat er schon am Broadway auf, bekam von allen Seiten Angebote und Engagements und viel mehr Geld, als er sich jemals hätte träumen lassen.

Ungefähr um diese Zeit fing es an, dass eine grundlegende Veränderung mit ihm vor sich ging, eine ziemlich eigenartige Veränderung, die keineswegs eine Veränderung zum Besseren war. Damals sei ihm klargeworden, dass er seine besten Jahre damit verplemperte, mit ein paar schwarzen Tagedieben auf irgendwelchen Bühnen herumzualbern. Die Nummer selber war an sich ganz gut – drei Posaunen, drei Saxophone und dazu Carlyle mit seinem Kazoo –, wobei natürlich das Entscheidende sein ganz spezielles Gefühl für den Rhythmus war; nur wurde er sonderbarerweise immer empfindlicher, und mit der Zeit grauste es ihm regelrecht, wenn er bloß daran dachte, auf die Bühne zu müssen, und seine Angst vorm Auftreten wurde von Tag zu Tag größer.

Geld machten sie wie Heu – mit jedem Vertrag, den er unterschrieb, erhöhten sich die Beträge –, doch wenn er zu den Managern ging und ihnen erklärte, er wolle sich von seinem Sextett trennen und als normaler Pianist weitermachen, lachten sie ihn aus und erklärten ihn für verrückt – das wäre »künstlerischer Selbstmord«. Er selber musste später lachen über dieses Wort vom »künstlerischen Selbstmord«. Alle waren sie ihm damit gekommen.

Ein halbes Dutzend Mal spielten sie auf privaten Tanzpartys – für dreitausend Dollar am Abend, und irgendwie hatte er das Gefühl, als sei es ihm erst da so richtig klargeworden, wie satt er diese Art des Broterwerbs inzwischen hatte. Stattgefunden hatten diese Partys in Clubs und Häusern, zu denen ihm bei Tageslicht der Zutritt verwehrt worden wäre. Er spielte schließlich nur den Part des ewigen Affen, ein männliches Revuegirl sozusagen, nur eben etwas besser. Allein schon der Geruch, der im Theater herrschte, widerte ihn an, dieser Gestank nach Rouge und Puder, der Tratsch im Künstlerzimmer und der gönnerhafte Beifall aus den Logen. Es war ihm nicht mehr möglich, mit Leib und Seele bei der Sache zu sein. Der Gedanke, dass er sich langsam, aber sicher dem Luxus des Müßiggangs näherte, machte ihn rasend. Natürlich ging er auf diesen Zustand zu, aber eher so wie ein Kind, das Eis isst und zu langsam leckt, um den Geschmack richtig genießen zu können.

Er habe sich danach gesehnt, einen Haufen Geld und Zeit zu haben, nach Lust und Laune lesen und spielen zu können und mit Männern und auch Frauen von der Sorte zu verkehren, die er niemals kriegen würde – der Sorte, die ihn wohl für unter ihrer

Würde hielt, sofern sie überhaupt einen Gedanken an ihn verschwendete; kurzum, er wollte all das haben, was er mittlerweile begonnen hatte, unter dem Sammelbegriff Aristokratie zusammenzufassen, einer Aristokratie, die, wie es schien, mit jedem Geld zu kaufen war, nur nicht mit einem Geld, das auf die Art verdient wurde, auf die er seins verdiente. Da war er fünfundzwanzig, hatte weder Familie noch eine Ausbildung noch irgendeine Aussicht, als Geschäftsmann Karriere zu machen. Er fing an, wie wild draufloszuspekulieren, und hatte binnen drei Wochen seine gesamten Ersparnisse verloren, bis auf den letzten Cent.

Dann kam der Krieg. Er ging nach Plattsburg, und selbst dort verfolgte sein Beruf ihn noch. Ein Brigadegeneral befahl ihn ins Stabsquartier und erklärte ihm, als Kapellmeister könne er seinem Lande besser dienen – und so verbrachte er den Krieg damit, hinter den Linien mit seinem Stabsmusikkorps für die Unterhaltung der hohen Tiere zu sorgen. Das war gar nicht mal so übel – er wäre halt hinterher nur lieber einer von den vielen Infanteristen gewesen, die hinkend aus den Schützengräben heimkehrten. Es kam ihm so vor, als wären der Schweiß und der Schlamm, den sie an sich hatten, nur eines jener nicht in Worte zu fassenden, für ihn auf ewig unerreichbaren Symbole der Aristokratie.

»Den Ausschlag gaben schließlich die privaten Tanzpartys. Nachdem ich aus dem Krieg zurück war, ging die alte Leier wieder los. Wir hatten ein Angebot von einer Hotelkette in Florida. Alles andere war dann bloß noch eine Frage der Zeit.« Er verstummte; Ardita sah ihn erwartungsvoll an, doch er schüttelte nur den Kopf.

»Nein«, sagte er, »das behalt ich lieber für mich. Darüber freue ich mich nämlich ganz unbändig, und ich hab Angst, wenn ich die Freude mit jemand anders teile, könnt mir vielleicht ein Stück davon verlorengehn. Ich will mich daran festhalten, an diesen paar atemlosen, heroischen Augenblicken, wenn ich da draußen stand, vor all den Leuten, und ihnen zeigen konnte, dass ich mehr bin als bloß ein herumzappelnder, kreischender Clown.«

Vom Vordersteven her war plötzlich leises Singen zu vernehmen. Die Schwarzen hatten sich an Deck versammelt, und ihre Stimmen verschmolzen zu einer eindringlichen, in herzzerreißenden Akkorden mondwärts brandenden Melodie. Ardita lauschte ganz verzückt.

»Oh down –
Oh down,
Mammy wanna take me down a milky way,
Oh down –

Oh down,
Pappy say to-morra-a-a-ah!
But mammy say to-day,
Yes – mammy say to-day!«

Carlyle seufzte und schwieg einen Moment; er schaute hinauf zum warmen Himmel, wo in dichtgedrängter Schar die Sterne funkelten wie lauter kleine Soffitten. Der Gesang der Neger war in ein wehmütiges Summen übergegangen, und es kam ihm vor, als nähmen die Helle und die große Stille von Minute zu Minute zu, bis er fast schon meinte, die Meerjungfrauen bei ihrer mitternächtlichen Toilette zu belauschen und zuzuhören, wie sie sich die Silbertropfen aus den Locken kämmten und einander dabei aufgekratzt von ihren schönen Wracks erzählten, in denen sie hausten, da unten auf dem Meeresgrund, in den grün schillernden Alleen.

»Sehen Sie«, sagte Carlyle leise, »das ist die Schönheit, die ich will. Schönheit muss erstaunlich sein, verblüffend – sie muss dich packen wie ein Traum, wie die wundervollen Augen eines Mädchens.«

Er drehte sich zu ihr herum, doch sie war still.

»Nicht wahr, Sie können das verstehen, Anita – ich meine, Ardita?«

Auch diesmal gab sie keine Antwort. Sie hatte eine Weile tief und fest geschlafen.

In der prallen, gleißenden Mittagssonne des folgenden Tages erwies ein rätselhaftes Etwas vor ihnen auf dem Meer sich wie von ungefähr als kleine, grünlich graue Insel, die an ihrem nördlichen Ende aus einem großen granitenen Riff zu bestehen schien, welches nach Süden hin, quer durch einen etwa eine Meile breiten Streifen von sattgrün leuchtenden Sträuchern und Gräsern, abfiel, hin zu einem Sandstrand, der sachte in die Brandung überging. Ardita, die lesend auf ihrem Lieblingssofa saß, hatte soeben die letzte Seite von *Aufruhr der Engel* hinter sich gebracht; sie schlug das Buch zu und blickte auf und sah das Inselchen, und da stieß sie einen Freudenschrei aus und rief nach Carlyle, der trübsinnig an der Reling stand.

»Ist es das da? Ist das der Ort, wo Sie hinwollten?«

Carlyle zuckte gleichgültig die Achseln.

»Sie haben mich ertappt.« Er hob die Stimme und rief nach dem Burschen, der den Skipper spielte: »Ach, sag mal, Babe, ist das da deine Insel?«

Der Mulatte steckte seinen winzigen Kopf hinterm Ruderhaus hervor. »Jassah! Die da issis, oh jah!«

Carlyle setzte sich zu Ardita aufs Sofa.

»Sieht doch ganz anständig aus, nicht wahr?«

»Ja, das schon«, stimmte sie ihm zu, »als Versteck find ich sie allerdings ein bisschen klein.«

»Sie hoffen wohl immer noch auf die Funksprüche, die Ihr Onkel kreuz und quer über den Ozean loslassen wollte?«

»Nein«, erwiderte Ardita freiheraus. »Ich bin ganz auf Ihrer Seite. Ich tät mich wirklich freuen, wenn Sie's schaffen und davonkommen.«

Er lachte.

»Sie sind unsere Glücksfee. Ich schätze, wir müssen Sie bei uns behalten, als Maskottchen – jedenfalls fürs Erste.«

»Sie können mich ja nicht gut bitten zurückzuschwimmen«, sagte sie kühl. »Und wenn Sie's dennoch tun, dann fang ich an, basierend auf Ihrer nicht enden wollenden Lebensgeschichte, die Sie mir gestern erzählt haben, Groschenromane zu schreiben.«

Er wurde rot und zuckte leicht zusammen.

»Tut mir wirklich leid, dass ich Sie gelangweilt habe.«

»Aber nicht doch, Sie haben mich nicht gelangweilt – höchstens ganz zum Schluss, wo's darum ging, dass Sie wütend waren, weil Sie nicht mit den feinen Damen tanzen durften, für die Sie Ihre Musik gespielt haben.«

Ärgerlich stand er auf.

»Sie sind ein widerliches kleines Schandmaul.«

»Oh, Verzeihung«, sagte sie und ließ die Worte in ein Lachen überfließen, »ich bin es nicht gewohnt, mich von Männern mit Geschichten über ihre Lebensziele ergötzen zu lassen, zumal, wenn dieses Leben so todplatonisch ist.«

»Ach ja? Und womit ergötzen die Männer Sie sonst so?«

»Ach, na ja, die reden halt von mir«, sagte sie gähnend. »Die sagen mir, ich sei der Inbegriff der Jugend und der Schönheit.«

»Und was sagen Sie dann?«

»Nun ja, ich stimme ihnen wortlos zu.«

»Sagt Ihnen denn tatsächlich jeder Mann, dem Sie begegnen, dass er Sie liebt?«

Ardita nickte.

»Warum denn nicht? Das ganze Leben ist doch weiter nichts als ein Hinstreben zu und ein Wiederabstandnehmen von dem einen Satz ›Ich liebe dich‹.«

Carlyle setzte sich lachend hin. »Stimmt! In der Tat! Das ist – das ist nicht schlecht. Haben Sie sich das selber ausgedacht?«

»Ja, genauer gesagt, ich hab's herausgefunden. Das hat aber nichts weiter zu bedeuten. Es ist einfach bloß geistreich.«

»Es ist eine Bemerkung, die typisch ist für Ihre Kreise«, sagte er ernst.

»Ach nein«, fiel sie ihm unwirsch ins Wort, »jetzt fangen Sie bloß nicht schon wieder damit an, mir Vorträge über die Aristokratie zu halten! Leuten, die sich so früh am Morgen schon ereifern können, trau ich nicht übern Weg. Das ist so eine milde Form von Wahnsinn – eine Art Frühstücksrausch. Am Morgen soll man schlafen, schwimmen und sich keine Sorgen machen.«

Zehn Minuten später waren sie in einem weiten Bogen herumgeschwenkt, als wollten sie die Insel von Norden her ansteuern.

»Irgendwo ist da ein Trick dabei«, kommentierte Ardita nachdenklich das Manöver. »Er kann doch nicht im Ernst an diesem Riff dort ankern wollen.«

Inzwischen nahmen sie geradewegs Kurs auf den massiven Felsen, der mit Sicherheit einiges über dreihundert Meter hoch war, und erst als sie nur noch fünfzehn Meter davon entfernt waren, begriff Ardita, was sie vorhatten. Da klatschte sie vor Freude in die Hände. In dem Riff gab es einen Spalt, der aber völlig unsichtbar war, weil ihn ein sonderbar geformter Felsvorsprung verdeckte; durch diesen Spalt gelangte die Yacht hinein und durchquerte ein schmales, von hohen grauen Wänden gesäumtes Seegatt, das kristallklares Wasser führte. Schließlich gingen sie in einer eigenen kleinen Welt in Grün und Gold vor Anker, einer spiegelglatten, golden glänzenden, ringsherum von winzig kleinen Palmen eingerahmten Bucht; das Ganze sah aus wie jene Landschaften, die Kinder mit Spiegeln als Seen und aus Zweigen gebastelten Bäumchen im Sandkasten errichten.

»Gar nicht mal so übel!«, rief Carlyle aufgeregt. »Ich würde sagen, unser kleiner Nigger hier kennt sich verdammt gut aus in dieser Ecke vom Atlantik.«

Sein Überschwang schien ansteckend zu sein, denn auch Ardita war ganz aus dem Häuschen.

»Das ist ein absolut todsicheres Versteck!«

»Ach je, gewiss doch! Ganz genauso wie die Inseln in den Büchern, die Sie immer lesen.«

Das Beiboot wurde in den goldenen See gelassen, sie ruderten an Land.

»Los, kommen Sie«, sagte Carlyle, als sie im schlammigen Sand auf Grund gelaufen waren, »wir erforschen das Gelände.«

Der Rahmen, den die Palmen bildeten, war seinerseits umrahmt von einem ungefähr eine Meile breiten Streifen Sand. Dem folgten sie nach Süden, durchstreiften einen weiteren Ring von tropischem Bewuchs und kamen schließlich an einem unberührten perlmuttergrauen Strand heraus, wo Ardita ihre braunen Golfschuhe von sich schleuderte – die Angewohnheit, Strümpfe zu tragen, hatte sie anscheinend ein für alle Mal aufgegeben – und ins Wasser watete. Dann schlenderten sie zur Yacht zurück, wo der unermüdliche Babe ihnen schon einen kleinen Imbiss vorbereitet hatte. Oben an der Nordseite des hohen Riffs hatte er einen Späher postiert, der das Meer nach beiden Seiten beobachtete – nur zur Sicherheit, denn eigentlich ging er davon aus, dass dieses Seegatt praktisch unbekannt war; immerhin war es auf keiner einzigen Karte verzeichnet gewesen.

»Wie heißt die eigentlich?«, fragte Ardita. »Ich meine, diese Insel hier.«

»Nix haben kein Name nich«, gluckste Babe. »Heißen einfach Insel und nix weita.«

Am späten Nachmittag saßen sie, mit dem Rücken an mächtige Felsbrocken gelehnt, auf dem höchsten Teil des Riffs, und Carlyle skizzierte Ardita in groben Zügen, was er vorhatte. Er war sich sicher, dass sie unterdessen hinter ihm her waren. Den Gesamterlös des Coups, den er gelandet hatte und über den sie näher aufzuklären er sich nach wie vor weigerte, bezifferte er auf knapp unter einer Million Dollar. Er gedenke, für mehrere Wochen hier unterzutauchen und sich dann unter wohlweislicher Meidung der üblichen Reiserouten gen Süden aus dem Staub zu machen, Kap Horn zu umfahren und Kurs zu nehmen auf Callao in Peru. Die Einzelheiten, beispielsweise die Beschaffung von Kohlen und Proviant, wolle er ganz allein Babe überlassen, der offenbar schon in jeder nur denkbaren Stellung auf diesen Gewässern unterwegs gewesen war, vom

Schiffsjungen auf einem Kaffeefrachter bis hin zum Ersten Offizier auf einem brasilianischen Piratenschiff, dessen Kapitän man vor kurzem aufgehängt hatte.

»Als Weißer wär er längst schon König von Südamerika«, sagte Carlyle pathetisch. »So ein intelligenter Bursche! Gegen den ist Booker T. Washington geradezu ein Schwachkopf. Er hat die Arglist sämtlicher Rassen und Völker, deren Blut in seinen Adern fließt, und das sind mindestens ein halbes Dutzend – ungelogen. Mich betet er an, weil ich auf dieser Welt der Einzige bin, der besser Ragtime spielen kann als er. Früher haben wir zusammen unten in New York an den Kais gesessen, er mit seinem Fagott und ich mit meiner Oboe, und haben die tausend Jahre alten afrikanischen Harmonien so lange mit Molltonarten verschnitten, bis die Ratten an den Pfählen hochgekrabbelt kamen und knurrend und quiekend um uns rumsaßen, wie Hunde vor 'nem Grammophon.«

»Man kann nie wissen, vielleicht warn's ja welche«, platzte Ardita lachend heraus.

Carlyle grinste.

»Ich schwör's Ihnen, das ist die reine Wah–«

»Und wenn Sie in Callao sind, wie soll's dann weitergehn?«, fiel sie ihm ins Wort.

»Dann schiff ich mich nach Indien ein. Ich will ein

Radscha werden. Im Ernst. Ich lass mich irgendwo in Afghanistan nieder, hab ich mir überlegt, ich kauf mir einen Palast und einen guten Namen, und dann, so nach fünf Jahren ungefähr, tauch ich mit einem fremdländischen Akzent und einer geheimnisvollen Vergangenheit in England wieder auf. Aber erst mal geht's nach Indien. Wissen Sie, man erzählt sich, das ganze Gold, das in der Welt ist, soll angeblich nach und nach wieder zurück nach Indien fließen. Find ich irgendwie faszinierend. Und außerdem will ich Zeit zum Lesen haben – um Unmengen von Büchern zu lesen.«

»Und danach?«

»Danach«, erwiderte er herausfordernd, »kommt die Aristokratie dran. Lachen Sie mich ruhig aus – ich weiß jedenfalls wenigstens, was ich will, das müssen Sie schon zugeben, und damit weiß ich höchstwahrscheinlich mehr als Sie.«

»Ganz im Gegenteil«, widersprach Ardita und holte ihr Zigarettenkästchen aus der Tasche, »zu dem Zeitpunkt, als Sie hier angekommen sind, waren gerade alle meine Freunde und die ganze Verwandtschaft in Aufruhr, weil ich eben sehr wohl wusste, was ich wollte.«

»Nämlich was?«

»Einen Mann.«

Er starrte sie an.

»Sie meinen, Sie waren verlobt?«

»Sozusagen. Eigentlich war ich fest entschlossen, gestern Abend – mir ist, als wär inzwischen eine Ewigkeit vergangen – heimlich an Land zu gehn und mich in Palm Beach mit ihm zu treffen, aber dann kamen Sie an Bord. Er wartet dort auf mich mit einem Armband, das früher der russischen Zarin Katharina gehörte. Jetzt fangen Sie aber nicht gleich wieder an, irgendwas von Aristokratie zu faseln«, warf sie rasch ein. »Ich fand ihn einfach gut, weil er so viel Phantasie gehabt hat und so unheimlich mutig war in seinen Überzeugungen.«

»Aber Ihre Familie war dagegen, ja?«

»Jedenfalls der schäbige Rest von Familie, den ich noch habe, genauer gesagt – mein blöder Onkel und meine noch blödere Tante. Er hat sich anscheinend mit so einer Rothaarigen eingelassen, irgendeiner Mimi Dingsbums – das sei alles schrecklich aufgebauscht worden, sagt er, und mich belügt kein Mann – und außerdem, was früher war, das ist mir eh schnurzpiepegal; für mich zählt einzig und allein die Zukunft. Und wer mich liebt, der amüsiert sich nicht mit anderen. Da tät ich schon drauf achten. Ich hab zu ihm gesagt, er soll sie fallen lassen wie 'ne heiße Kartoffel, und das hat er getan.«

»Sie machen mich ja richtig eifersüchtig«, sagte Carlyle mit finsterer Miene, doch dann lachte er.

»Ich schätze mal, ich muss Sie mitnehmen bis nach Callao. Dort leih ich Ihnen dann das nötige Geld für die Rückreise in die Staaten. Und in der Zwischenzeit haben Sie Gelegenheit, sich die Sache mit diesem Herrn da noch mal gründlich durch den Kopf gehn zu lassen.«

»Wie reden Sie denn mit mir?!«, fauchte Ardita. »Ich lasse mich nicht bevormunden, von niemandem! Verstehen Sie?«

Er lachte, aber plötzlich traf ihn ihre eiskalte Wut, und er kühlte ab und schwieg einigermaßen beschämt.

»Tut mir leid«, probierte er es leicht verlegen.

»Ach was, hören Sie auf, sich zu entschuldigen! Ich hasse es, wenn Männer in diesem männlich-zugeknöpften Ton ›Tut mir leid‹ sagen. Halten Sie doch einfach die Klappe!«

Es entstand eine Pause, die Carlyle ziemlich unbehaglich fand, was Ardita freilich gar nicht zu bemerken schien, denn sie saß ganz zufrieden da, ließ sich ihre Zigarette schmecken und schaute auf das glänzende Meer. Und im nächsten Moment krabbelte sie hinaus auf den Felsen, legte sich auf den Bauch und guckte in die Tiefe. Carlyle, der sie beobachtete, wunderte sich, wie graziös sie war, und das buchstäblich in jeder Lebenslage.

»Oh, gucken Sie doch mal, da unten!«, rief sie.

»Diese Felsvorsprünge da, das sind ja richtige Stufen. Ganz breit und alle in verschiedenen Höhen.«

Er legte sich neben sie und sah mit ihr zusammen an der schwindelerregend steilen Wand hinunter.

»Heute Nacht gehn wir schwimmen!«, sagte sie aufgeregt. »Im Mondenschein.«

»Wolln Sie nicht lieber vom Strand aus ins Wasser gehn, drüben auf der andern Seite?«

»Kommt gar nicht in Frage. Hechtsprung ist meine Leidenschaft. Sie können den Badeanzug von meinem Onkel nehmen, allerdings sehn Sie da drin wahrscheinlich aus, als ob Sie 'n Jutesack anhaben, mein Onkel ist nämlich sehr schwabbelig. Ich hab so 'n Einteiler, damit hab ich schon an der gesamten Atlantikküste von Biddeford Pool bis runter nach St. Augustine die Eingeborenen geschockt.«

»Ich schätze mal, Sie sind 'ne echte Sportskanone.«

»Ja, ich bin 'ne ziemlich gute Schwimmerin. Und hübsch bin ich auch. Letzten Sommer hat ein Bildhauer oben in Rye zu mir gesagt, meine Waden sind fünfhundert Dollar wert.«

Darauf schien sich jede Antwort zu erübrigen, weshalb Carlyle es vorzog zu schweigen und sich lediglich erlaubte, stillvergnügt in sich hineinzulächeln.

Als sich die Nacht in Schattenblau und Silbergrau herniedersenkte, ruderten sie durch die enge, schimmernde Wasserrinne, banden das Boot an einem Felsvorsprung fest und kletterten zusammen das Riff hinunter. Die erste von den Stufen, die sie von oben gesehen hatten, befand sich in drei Meter Höhe und bildete so etwas wie ein natürliches Sprungbrett. Dort setzten sie sich im hellen Mondlicht und schauten hinab in die schwache, doch noch immer unermüdliche, wenn auch der einsetzenden Ebbe wegen allmählich schwächer werdende Brandung.

»Sind Sie glücklich?«, fragte er unvermittelt.

Sie nickte.

»Am Meer immer. Wissen Sie, was?«, fuhr sie fort. »Ich denke schon den ganzen Tag darüber nach, dass wir uns irgendwie ähnlich sind, Sie und ich. Wir sind beide Rebellen – nur aus unterschiedlichen Gründen. Vor zwei Jahren, ich war gerade achtzehn geworden, und Sie waren …«

»Fünfundzwanzig.«

»… na ja, da waren wir doch im herkömmlichen Sinne beide sehr erfolgreich. Ich als absolut umwerfende Debütantin und Sie als gefragter Musiker, der soeben eine Festanstellung bei der Army bekommen hatte …«

»Gentleman per Kongressbeschluss«, warf er spöttisch ein.

»Also, jedenfalls haben wir uns beide untergeordnet. So richtig abgeschliffen waren unsere Kanten vielleicht noch nicht, aber zumindest hatten wir sie eingezogen. Tief im Innern aber war bei uns beiden irgendwas, das ließ uns nach mehr Glück verlangen. Ich wusste nicht, was es war, das mir fehlte. Ich ging von einem Mann zum andern, rastlos, ungeduldig, fügte mich von Monat zu Monat immer weniger und wurde immer unzufriedener. Manchmal saß ich da und kaute mir auf den Backentaschen rum und dachte, ich werd verrückt – ich hatte das beängstigende Gefühl, dass alles so entsetzlich flüchtig ist. Ich wollte alles jetzt sofort – jetzt – jetzt! Da stand ich nun mit meiner Schönheit – und ich bin doch wirklich schön, oder etwa nicht?«

»Doch«, stimmte Carlyle versöhnlich zu.

Ardita stand unvermittelt auf.

»Moment mal, warten Sie. Ich will dieses herrlich aussehende Meer probieren.«

Sie trat an die äußerste Kante des stufenartigen Felsvorsprungs, und gleich darauf schoss sie hoch über dem Wasserspiegel dahin, rollte sich in der Luft zusammen und überschlug sich, streckte sich dann zu voller Länge aus, tauchte schließlich kerzengerade ins Wasser ein und hatte einen perfekten Hechtsprung hingelegt. Eine Minute später wehte ihre Stimme zu ihm herauf.

»Verstehen Sie, ich hab bloß noch gelesen, den ganzen Tag und fast die ganze Nacht. Mit der Zeit hab ich schon jegliche Geselligkeit gehasst…«

»Kommen Sie wieder rauf«, unterbrach er sie. »Was, um alles in der Welt, machen Sie denn da unten?«

»Ich lass mich einfach auf dem Rücken treiben. Bin gleich wieder oben. Hören Sie mir doch mal zu. Das Einzige, was mir noch Freude machte, war, andere Leute zu schockieren; wenn ich auf einen Maskenball ging, hab ich irgendetwas angezogen, das vollkommen unmöglich aussah, aber charmant; mit den größten Schürzenjägern von New York bin ich rumgezogen und hab mich mehr als einmal höllisch in was reingeritten und unglaublich in der Tinte gesessen.«

Ihre Worte waren vom Plätschern des Wassers begleitet, und dann hörte er ihren heftigen Atem und sah, wie sie an der Seite hochkletterte und wieder zu ihm heraufkam.

»Na los schon, rein mit Ihnen!«, rief sie.

Gehorsam stand er auf und sprang. Als er pudelnass wieder auftauchte und sich an der Felswand hochzog, sah er, dass Ardita nicht mehr da war, doch dann, nach einer kleinen Schrecksekunde, hörte er drei Meter über sich, wo die nächsthöhere Stufe war, ihr glockenhelles Lachen. Er kletterte zu ihr hinauf, und beide saßen einen Moment lang schweigend da, hatten die Arme um die Knie geschlungen und keuchten noch ein wenig von der Klettertour.

»Meine Familie hat komplett durchgedreht«, sagte sie unvermittelt. »Die wollten mich auf der Stelle unter die Haube bringen. Und als ich schon nahe daran war zu glauben, dass das Leben weit davon entfernt ist, lebenswert zu sein, da habe ich etwas gefunden« – ihr Blick verklärte sich und ging zum Himmel –, »ja, ich habe etwas gefunden!«

Carlyle wartete ab, bis sie damit herausplatzte.

»Mut – ganz einfach; Mut als Lebensregel, und als etwas, wovon man nie ablassen darf. Und von da an hab ich diesen ungeheuren Glauben an mich selbst entwickelt. Nach und nach erkannte ich, dass meine ganzen Idole von früher immer in irgendeiner Form Mut bewiesen haben und dass genau das mich so an ihnen fasziniert hat. Von da an lernte ich, einen Unterschied zu machen zwischen dem Mut und den anderen Dingen, die es im Leben gibt. Alle möglichen Formen von Mut – der blutüberströmt zu Boden gegangene Preisboxer, der wieder aufsteht, um weiterzumachen – ich ließ mich von Männern zu Boxkämpfen mitnehmen –, die Frau, die bessere Tage gesehn hat und einfach durchrauscht durch ein Katzennest und von oben herab daraufschaut, als ob es Schlamm wär unter ihren Füßen; immer zu dem zu stehen, was einem von jeher lieb und teuer war; absolut nichts auf anderer Leute Meinungen geben – einfach so leben, wie ich immer leben wollte, und auch auf meine eigene Art sterben. – Haben Sie die Zigaretten mit raufgebracht?«

Er reichte ihr eine rüber und hielt ihr schweigend ein Streichholz hin.

»Trotzdem«, fuhr Ardita fort, »standen die Männer weiter Schlange – alte und junge, die mir nicht das Wasser reichen konnten, weder geistig noch körperlich, jedenfalls die meisten, aber alle mit dem dringenden Wunsch, mich zu bekommen – diese doch recht glanzvolle und stolze Tradition, die ich mir um mich herum aufgebaut hatte, in ihren Besitz zu bringen. Verstehen Sie?«

»Im Großen und Ganzen schon. Sie haben nie eine Niederlage erlitten, und Sie haben sich auch nie entschuldigt.«

»Nie!«

Mit einem Satz war sie vorn an der Kante, verharrte einen Augenblick lang, stand wie eine Gekreuzigte vor dem Prospekt des Himmels, beschrieb dann eine dunkle Parabel und tauchte sechs Meter weiter unten zwischen zwei kleinen silbernen Wellen ins Wasser ein, ohne dass es auch nur einen einzigen Spritzer gab.

Abermals wehte ihre Stimme zu ihm herauf.

»Und Mut, das heißt für mich, dass ich mich durch diesen ganzen trüben grauen Nebel hindurchackere, der sich auf das Leben niedersenkt – dass ich mich nicht nur über Menschen und Umstände hinwegsetze, sondern auch über die Freudlosigkeit des Lebens. Gewissermaßen ein Bestehen auf dem Wert des Lebens und der Kostbarkeit flüchtiger Dinge.«

Sie kam wieder heraufgeklettert, und während sie das letzte Wort sprach, erschien ihr Kopf mit dem feuchten strohblonden, zu beiden Seiten symmetrisch nach hinten anliegenden Haar auf Carlyles Höhe.

»Das ist ja alles schön und gut«, wandte er ein. »Sie können das natürlich gern als Mut bezeichnen, aber das Fundament, auf das Ihr Mut sich gründet, ist doch genau genommen weiter nichts als angeborener Stolz. Sie sind zu dieser aufmüpfigen Haltung erzogen worden. In meinem grauen Leben ist sogar der Mut grau und leblos.«

Ardita saß dicht an der Kante, hielt ihre Knie umschlungen und schaute traumverloren hoch zum weißen Mond; etwas weiter hinten, in eine Felsspalte gequetscht wie ein grotesker Gott, hockte Carlyle.

»Ich will ja hier nicht die Pollyanna spielen«, fing sie an, »aber Sie haben mich immer noch nicht richtig verstanden. Mein Mut ist Glaube – Glaube an die ewige Unverwüstlichkeit meiner selbst – daran, dass die Freude irgendwann zurückkehrt – und die Hoffnung und die Spontaneität. Und bis es so weit ist, das spüre ich, muss ich die Lippen fest geschlossen halten und das Kinn hoch emporrecken und die Augen weit offen halten – albern zu grinsen ist dabei nicht zwingend nötig. Oh, ich bin durch die Hölle gegangen, mehr als einmal, ohne zu jammern – und die weibliche Hölle ist tödlicher als die männliche.«

»Und was, wenn nun der Vorhang für Sie bereits runtergeht – ich meine, endgültig –, bevor die Freude und die Hoffnung und so weiter zurückgekehrt sind?«, wandte Carlyle ein.

Ardita stand auf, ging zur Felswand und kletterte mit einiger Anstrengung auf den nächsten stufenartigen Vorsprung, der noch einmal drei, vier Meter höher lag.

»Na was schon?«, rief sie zurück. »Dann hätte ich gewonnen!«

Er beugte sich so weit nach vorn, dass er sie sehen konnte.

»Von da oben sollten Sie aber lieber nicht springen! Da brechen Sie sich nämlich das Kreuz«, sagte er rasch.

Ardita lachte.

»Ich doch nicht!«

Sie breitete langsam die Arme aus, stand da wie

ein Schwan und strahlte in ihrer jugendlichen Vollkommenheit einen Stolz aus, der Carlyle das Herz wärmte.

»Weit die Arme ausgebreitet, durchschreiten wir die schwarzen Lüfte«, rief sie, »strecken nach hinten aus die Beine wie der Delphin die Schwanzflosse und denken uns im Stillen, dass wir dieses Silber dort drunten nie erreichen werden, bis wir auf einmal warm von allen Seiten davon umfangen sind und lauter kleine Wellen küssend uns liebkosen.«

Und damit war sie in der Luft. Carlyle hielt unwillkürlich den Atem an. Ihm war nicht klar gewesen, dass der Sprung weit über zehn Meter in die Tiefe ging. Es kam ihm wie eine Ewigkeit vor, bis er das kurze, satte Klatschen hörte, mit dem sie eintauchte.

Und in dem Moment, als ihr leichtes, nasses Lachen seitlich am Riff heraufgeweht kam und an seine besorgten Ohren drang und er zugleich sein eigenes frohes, erleichtertes Seufzen vernahm, in dem Moment wurde ihm klar, dass er sie liebte.

Die Zeit, die keine Hühnchen rupft und keine Süppchen kocht, sie überschüttete die beiden mit drei Tagen Nachmittag. Wenn die Sonne eine Stunde nach Tagesanbruch das Bullauge ihrer Kabine zum Funkeln brachte, stand Ardita fröhlich auf, zog ihren Badeanzug an und ging hinauf an Deck. Sobald die Schwarzen sie erblickten, ließen sie ihre Arbeit sein, versammelten sich lachend und schwatzend an der Reling und schauten zu, wie sie flink wie eine Elritze auf der klaren Wasserfläche oder auch unter Wasser dahinschoss. Und in der Abendkühle ging sie dann noch einmal schwimmen – und lümmelte, mit Carlyle Zigaretten rauchend, auf dem Riff herum; oder sie lagen am Südstrand im Sand, sprachen wenig und schauten zu, wie der Tag mit üppigem Farbenspiel und tragischer Attitüde hinüberglitt in die unendliche Melancholie einer tropischen Nacht.

Und mit den langen, sonnigen Stunden verflüchtigte sich auch Arditas Vorstellung, das Ganze sei nur eine zufällige, verrückte Episode, ein romantisches Frühlingsmärchen im öden Einerlei der Wirklichkeit. Sie hatte schon Angst vor der Zeit, wenn er sich auf den Weg gen Süden machen würde; sie hatte Angst vor all den Eventualitäten, die auf sie einstürmten; plötzlich waren Gedanken sorgenvoll, Entscheidungen verhasst. Wäre in ihrer von heidnischen Ritualen erfüllten Seele Raum gewesen für Gebete, sie hätte darum gebetet, dass das Leben doch nur einmal eine Zeitlang unbehelligt bleiben möge, träge genug, um sich dem rasch dahineilenden, naiven Strom von Carlyles Ideen zu fügen, seiner lebhaften Knabenphantasie und dieser Ader von Besessenheit, von der sein Naturell durchzogen war und die sein ganzes Handeln färbte.

Aber das hier ist weder eine Geschichte von zwei Leuten auf einer Insel, noch geht es hier in erster Linie um eine Liebe, die aus Abgeschiedenheit geboren wird. Es handelt sich vielmehr um die Beschreibung zweier Charaktere, und die idyllische Kulisse und dass die Palmen des Golfstroms die Umrahmung bilden, all das ist reiner Zufall. Die meisten von uns sind froh, dass sie am Leben sind und sich vermehren, und kämpfen für das Recht auf diese beiden Dinge; die Zwangsvorstellung aber, man könne selbst sein Schicksal lenken, und der von vornherein zum Scheitern verurteilte Versuch, es zu tun, das bleibt einer glücklichen – oder auch unglücklichen – Minderheit vorbehalten. Für mich ist an Ardita das Interessante eben ihr Mut, der seinen Glanz verlieren wird, genau wie die Schönheit und die Jugend.

»Nimm mich mit«, sagte sie einmal, als sie spät am Abend noch träge im Schatten der ausladenden Palmen saßen. Die Schwarzen hatten ihre Musikinstrumente an Land gebracht, und die bizarren Klänge des Ragtime vermischten sich mit dem warmen Atem der Nacht. »Ich würde furchtbar gerne in zehn Jahren als märchenhaft reiche Oberkasteninderin zurückkehren«, fuhr sie fort.

Carlyle warf einen raschen Blick zu ihr hinüber. »Weißt du was? Das lässt sich machen.«

Sie lachte.

»Ist das ein Heiratsantrag? Extrablatt! Ardita Farnam wird Piratenbraut. Mädchen aus der High Society von Ragtime-Bankräuber entführt.«

»Es war keine Bank.«

»Und was war's dann? Warum erzählst du mir nicht, was es war?«

»Weil ich dir deine Illusionen nicht zerstören will.«

»Ich mach mir doch gar keine Illusionen über dich, mein Lieber.«

»Ich meine ja auch deine Illusionen über dich selber.«

Sie blickte verdutzt auf. »Über mich selber?! Was hab ich denn bitte schön mit irgendwelchen Straftaten zu tun, die du hier oder da begangen hast?«

»Das wird sich weisen.«

Sie langte rüber und klopfte ihm auf die Hand.

»Lieber Mr. Curtis Carlyle«, sagte sie mit sanfter Stimme, »sind Sie in mich verliebt?«

»Als ob das wichtig wäre.«

»Aber natürlich ist es das – weil ich in dich verliebt bin, glaube ich.«

Er sah sie spöttisch an.

»Womit deine Bilanz für den Monat Januar auf insgesamt ein halbes Dutzend angestiegen wäre«, mutmaßte er. »Und wenn ich's nun drauf ankommen lasse und dich wirklich bitte, mich nach Indien zu begleiten?«

»Soll ich?«

Er zuckte die Achseln.

»Wir können in Callao heiraten.«

»Was für ein Leben kannst du mir denn bieten? Sei mir nicht böse, aber mal im Ernst – was sollte denn wohl aus mir werden, wenn dich die Leute, die auf diese zwanzigtausend Dollar Belohnung scharf sind, eines schönen Tages aufstöbern?«

»Ich denke, du hast keine Angst?«

»Hab ich ja auch nicht – aber ich werde nicht, bloß um einem Mann meine Furchtlosigkeit zu beweisen, einfach mein Leben wegwerfen.«

»Ach, wärst du doch bloß arm gewesen! Ein armes, einfaches kleines Mädchen im warmen Land der Kühe, das träumt, es wäre auf der anderen Seite vom Zaun.«

»Wär das nicht schön gewesen?«

»Dann hätt ich meine Freude dran gehabt, dich in Erstaunen zu versetzen – dir dabei zuzuschauen, wie du vor den Dingen stehst und große Augen machst. Ach, wenn es doch bloß Dinge gäbe, die du wirklich haben willst! Verstehst du, was ich meine?«

»Ich weiß schon – wie die Mädchen, die sich an

den Schaufensterscheiben der Juweliergeschäfte die Nase plattdrücken.«

»Ja – und die die große rechteckige Armbanduhr haben wollen, die aus Platin mit den ganzen Diamanten rund ums Zifferblatt herum. Aber dann würdest du sagen, die ist zu teuer, und würdest dir stattdessen eine aus Weißgold aussuchen, die nur hundert Dollar kostet. Doch ich würde sagen: ›Teuer? Da bin ich aber andrer Ansicht!‹ Und dann würden wir reingehn, und schon würde dieses Platinding an deinem Handgelenk glitzern.«

»Ach, das hört sich so lieb an und so geschmacklos – und lustig, nicht wahr?«, murmelte Ardita.

»Ja, nicht wahr? Kannst du dir nicht vorstellen, wie wir durch die Weltgeschichte reisen und nur so um uns werfen mit dem Geld, und wie wir der Schwarm sämtlicher Kellner und Hotelpagen sind? Oh, selig sind, die einfach reich sind, denn sie werden die Erde besitzen!«

»Ich wünschte ganz ehrlich, wir könnten so sein.«

»Ich liebe dich, Ardita«, sagte er zärtlich.

Da verlor ihr Gesicht auf einmal einen Augenblick lang sein kindliches Aussehen und wurde eigentümlich ernst.

»Ich liebe es, mit dir zusammen zu sein«, sagte sie, »ich kenne keinen Mann, mit dem ich so gerne zusammen bin wie mit dir. Und ich liebe dein Aussehen und dein dunkles altes Haar und die Art, wie du seitwärts über die Reling springst, wenn wir an Land kommen. Ja, wirklich, Curtis Carlyle, ich liebe all die Dinge, die du tust, wenn du vollkommen natürlich bist. Ich glaube, du hast Mut und Kraft, und du weißt ja, wie ich darüber denke. Manchmal spür ich, wenn du da bist, plötzlich die Versuchung, dich zu küssen und dir zu sagen, du bist einfach nur ein idealistischer kleiner Junge mit jeder Menge Kastendenkenquatsch im Kopf. Wenn ich ein klein wenig älter wäre und mich ein kleines bisschen mehr langweilen würde, vielleicht ginge ich dann tatsächlich mit dir mit. So aber mach ich, glaub ich, lieber kehrt und heirate – diesen anderen Mann.«

Drüben, am gegenüberliegenden Ufer des silbernen Sees, bewegten sich die Schwarzen schlängelnd und zuckend im Mondschein, wie Akrobaten, die aus der Übung sind und alle ihre Tricks durchgehen müssen, um ihre überschüssige Energie loszuwerden. Im Gänsemarsch liefen sie herum, in konzentrischen Kreisen, bald den Kopf in den Nacken geworfen, bald über ihre Instrumente gebeugt wie flötende Faune. Und unaufhörlich heulten die Posaune und das Saxophon ihre wimmernde Melodie, mal jubelnd und rebellisch, mal klagend und gespenstisch wie ein Totentanz aus dem Herzen des Kongo.

»Komm, wir tanzen!«, rief Ardita. »Bei diesem wunderbaren Jazz hält es mich einfach nicht auf meinem Platz.«

Er nahm ihre Hand und führte sie zu einem breiten Streifen, der voll im Schein des Mondes lag und wo der Sandboden schön hart und fest war. Wie Motten, die sich treiben lassen, schwebten sie unterm hellen, dunstverhangenen Licht dahin, und während die skurrile Symphonie weinte, frohlockte, bebte und verzweifelt schluchzte, kam Ardita der letzte Rest von Realitätssinn abhanden, sie überließ sich vollends den verträumten Düften des Sommers und der Tropenblumen und den unendlichen bestirnten Weiten über ihr, und ihr war, als würde sie, wenn sie die Augen öffnete, erkennen, dass sie mit einem Geist im Tanz sich wiegte, forttanzte in ein Land, das sie sich selbst mit ihrer Phantasie erschaffen hatte.

»Das nenn ich einen exklusiven Tanzabend im kleinsten Kreis«, flüsterte er.

»Ich komme mir ganz schön verrückt vor – aber wunderbar verrückt!«

»Wir sind verzaubert. Dort oben an der Flanke dieses Riffs, da stehen Generationen und Abergenerationen von Kannibalen und schauen uns zu.«

»Und wetten, dass die Kannibalenfrauen sagen, wir tanzten viel zu eng und ich sei schamlos, weil ich ohne meinen Nasenring gekommen bin.«

Sie lachten leise – doch auf einmal erstarb ihr Lachen, denn dort am anderen Ufer hielten die Posaunen inne, mitten im Takt, und die Saxophone stöhnten erschrocken auf und verstummten.

»Was ist denn los?«, rief Carlyle.

Einen Augenblick war alles still, dann erkannten sie den dunklen Schemen eines Mannes, der im Eilschritt um den See herum auf sie zukam. Als er nah genug heran war, sahen sie, es war Babe, und er war ungewöhnlich erregt. Er blieb vor ihnen stehen, nahm Haltung an und stieß keuchend und ohne zwischendurch auch nur einmal Luft zu holen, seine Nachricht hervor.

»Saah, da draußen zikka halbe Meile voraus is eine Siff. Mose, unsa Wache, meinen, sieht sie aus, wie wenn vor Anka liegt.«

»Ein Schiff?«, fragte Carlyle besorgt. »Was denn für ein Schiff?« Sein Gesicht drückte Bestürzung aus, und als Ardita sah, wie auf einmal seine ganze Miene regelrecht in sich zusammenfiel, krampfte sich ihr das Herz zusammen.

»Er sagt, nix wissen, Saah.«

»Haben sie ein Boot runtergelassen?«

»Nein, Saah.«

»Wir gehen rauf«, sagte Carlyle.

Wortlos, sich noch immer bei den Händen haltend wie vorhin, als sie aufgehört hatten zu tanzen, erklommen sie die Anhöhe. Von Zeit zu Zeit spürte Ardita ein nervöses Zucken in Carlyles Hand, als sei ihm gar nicht mehr bewusst, dass er sie festhielt, doch obwohl er ihr weh tat, unternahm sie keinen Versuch, ihm die ihre zu entziehen. Und als sie endlich oben angekommen waren und vorsichtig um das sich als Silhouette vor ihnen abhebende Plateau herum bis an den Rand des Riffes krochen, da kam es ihr so vor, als habe dieser Anstieg eine ganze Stunde lang gedauert. Carlyle warf einen raschen Blick in die Tiefe und stieß unwillkürlich einen leisen Schrei aus. Es war ein Zollboot, Bug und Heck bestückt mit sechszölligen Kanonen.

»Die wissen Bescheid!«, sagte er und schnappte nach Luft. »Die wissen Bescheid! Irgendwo sind sie uns auf die Spur gekommen.«

»Bist du sicher, dass sie von dem Seegatt wissen? Vielleicht halten sie sich ja auch bloß klar, um sich die Insel morgen früh mal näher anzugucken. Die Spalte unten im Riff kann man doch von deren Position aus gar nicht sehn.«

»Sie könnten Feldstecher haben«, sagte er beklommen. Er schaute auf seine Armbanduhr. »Kurz vor zwei. Vor Tagesanbruch werden sie jedenfalls nichts mehr unternehmen, so viel ist gewiss. Es besteht natürlich immer noch die Chance, dass sie auf Verstärkung warten müssen oder auf ein Kohlenschiff.«

»Ich finde, wir sollten einfach hierbleiben.«

Die Stunden gingen dahin, die beiden lagen nebeneinander, ganz still, das Kinn in die Hand gestützt, wie zwei verträumte Kinder. Hinter ihnen hockten die Schwarzen, geduldig, resigniert, ergeben in ihr Schicksal, und hin und wieder verriet ein sonores Schnarchen, dass es ihnen selbst im Angesicht der Gefahr nicht glücken wollte, ihr unbezwingliches afrikanisches Schlafbedürfnis zu unterdrücken.

Kurz vor fünf kam Babe zu Carlyle herübergeschlichen. Auf der Narcissus gebe es ein halbes Dutzend Flinten, sagte er. Ob es denn etwa schon beschlossene Sache sei, dass man keinen Widerstand leisten werde? Er denke nämlich, sie müssten nur einen Plan haben, dann könnten sie denen einen ganz anständigen Kampf liefern.

Carlyle schüttelte lachend den Kopf.

»Nein, Babe, das da draußen, das sind nicht irgendwelche hispaniolischen Piffpaffsoldaten. Das ist ein Zollschiff. Das wär, als ob du mit Pfeil und Bogen gegen ein Maschinengewehr antrittst. Wenn du unsre Beutel irgendwo vergraben willst, aber so, dass wir sie später wiederfinden, dann geh und mach das. Aber das wird auch nichts nützen – die werden diese Insel von vorne bis hinten umgraben. Wir haben verloren, Babe, und zwar auf ganzer Linie.«

Wortlos senkte Babe den Kopf und machte sich

davon, und Carlyle wandte sich Ardita zu und sprach mit heiserer Stimme: »Der da, das ist der beste Freund, den ich je hatte. Der würde für mich sterben und wär noch stolz darauf, wenn ich ihn ließe.«

»Du willst aufgeben?«

»Was bleibt mir denn weiter übrig? Natürlich gibt es immer einen Ausweg – den sichersten Weg –, aber der kann noch warten. Meinen Prozess will ich um keinen Preis verpassen – das wird ein interessantes Experiment in Sachen traurige Berühmtheit. ›Miss Farnam sagt aus, ihr gegenüber habe der Pirat sich jederzeit wie ein Gentleman verhalten.‹«

»Lass das!«, sagte sie. »Es tut mir schrecklich leid.«

Als die Farbe des Himmels nach und nach von Mattblau in Bleigrau überging, gab es an Deck des fremden Schiffes Bewegung; sie machten eine Gruppe von Offizieren in weißen Segeltuchuniformen aus, die an der Reling beieinanderstanden. Sie hatten Feldstecher in der Hand und suchten aufmerksam die kleine Insel ab.

»Es ist alles aus«, sagte Carlyle düster.

»Verdammt!«, flüsterte Ardita. Sie spürte, wie ihr die Tränen in die Augen stiegen.

»Wir gehn zurück auf die Yacht«, sagte er. »Das ist mir lieber, als mich hier jagen zu lassen wie ein Opossum.«

Sie stiegen den Berg hinunter und ließen sich von

den schweigenden Negern mit dem Ruderboot über den See setzen und zur Yacht bringen. Dort angekommen, fielen sie bleich und erschöpft auf die beiden Korbsofas und warteten.

Eine halbe Stunde später steckte das Zollboot im trübgrauen Frühlicht seine Nase in das Seegatt und blieb stehen, wohl aus Angst, die Bucht könnte zu seicht sein. Die Yacht mit dem Mann und dem Mädchen auf den beiden Sofas und den neugierig über die Reling gelehnt stehenden Schwarzen machte einen so friedlichen Eindruck, dass offenbar kein Widerstand erwartet wurde, denn man ließ gemächlich zwei Boote zu Wasser, von denen eines mit einem Offizier und sechs Matrosen bemannt war, während sich auf dem anderen vier Ruderer befanden und im Heck zwei Grauschädel in Yachtclubjacketts. Ardita und Carlyle standen auf und gingen langsam, beinah wie ihm Traum, aufeinander zu. Und plötzlich blieb er stehen, griff rasch in seine Tasche, zog etwas Rundes, Glitzerndes hervor und hielt es ihr entgegen.

»Was ist das?«, fragte sie verwundert.

»Ich bin mir nicht ganz sicher, aber nach der russischen Gravur da innen drin zu schließen, ist es das Armband, das man dir versprochen hatte.«

»Woher um alles in der Welt…«

»Aus einem von den Beuteln da. Verstehst du,

Curtis Carlyle und die Six Black Buddies haben mitten in der Show im Tearoom des Hotels in Palm Beach plötzlich ihre Instrumente gegen automatische Gewehre eingetauscht und die Leute ausgeraubt. Und dieses Armband hier, das hab ich einer hübschen, etwas zu stark geschminkten Frau mit roten Haaren abgenommen.«

Ardita runzelte zuerst die Stirn, und dann musste sie lächeln. »So, das hast du getan! Na, du bist aber mutig!«

Er machte eine Verbeugung.

»Das ist doch eine Eigenschaft, für die das Bürgertum bekannt ist«, sagte er.

Nun stürzte sich der Morgen mit Wucht aufs Deck und schleuderte die Schatten seitwärts in die grauen Ecken. Der Tau stieg auf, verwandelte sich in goldenen Nebel, dünn wie ein Traum, und hüllte beide ein, bis sie aussahen wie unendlich flüchtige und schon verblassende Altweibersommerüberbleibsel der späten Nacht. Für einen Augenblick hielten der Himmel und das Meer den Atem an, das Licht des Morgens schlug die rosige Hand dem Leben vor den jungen Mund, und dann kam das mürrische Ächzen eines Ruderboots über den See heran, und sie hörten das Plätschern der Ruder.

Plötzlich, vor dem goldenen Glühen tief im Osten, verschmolzen die zwei anmutigen Schemen zu einem einzigen: Carlyle gab Ardita einen Kuss auf den verwöhnten jungen Mund.

»Auch eine Art von Ruhm«, murmelte er eine Sekunde später.

Sie lächelte zu ihm empor.

»Na, glücklich, ja?«

Arditas Seufzen war ein Segen – eine ekstatische Versicherung, dass sie wirklich und wahrhaftig die Jugend und die Schönheit war und es nie wieder so sehr sein würde wie gerade jetzt. Noch einen Augenblick lang war das Leben Glanz, die Zeit jedoch nur ein Phantom und endlos ihrer beider Kräfte – dann gab es einen dumpfen Knall, ein schabendes Geräusch, das Ruderboot schrammte den Rumpf der Yacht.

Zuerst kamen die beiden Grauschädel die Leiter hochgeklettert, es folgten der Offizier und die zwei Matrosen, die Hand am Revolver. Mr. Farnam verschränkte die Arme vor der Brust und sah seine Nichte an.

»So«, sagte er und nickte bedächtig.

Seufzend löste Ardita sich von Carlyle, und ihr verklärter Blick, der von weit her zu kommen schien, fiel auf die Neuankömmlinge. Ihr Onkel sah, wie sie langsam die Unterlippe vorschob und jenen hochmütigen Schmollmund machte, den er so gut kannte.

»So«, wiederholte er grimmig. »So, das ist also

deine Vorstellung von – von Romantik. Durchbrennen wolltest du, mit einem Piraten auf hoher See.«

Ardita sah ihn völlig unbekümmert an.

»Was bist du doch für ein alter Dummkopf!«, sagte sie seelenruhig.

»Ist das alles, was du dazu zu sagen hast?«

»Nein«, erwiderte sie, und dann nach kurzem Überlegen: »Nein, da ist noch etwas. Da ist noch der bekannte Satz, mit dem ich in den letzten Jahren den größten Teil unserer Gespräche beendet habe: ›Halt die Klappe!‹«

Und damit drehte sie sich um, musterte die zwei alten Männer, den Offizier und die beiden Matrosen mit einem raschen, verächtlichen Blick und stieg stolz die Kajütstreppe hinunter.

Wäre sie freilich nur einen Augenblick länger oben an Deck geblieben, so hätte sie erleben können, wie ihr Onkel ein Geräusch von sich gab, das in den Zwiegesprächen, die sie mit ihm hatte, nur äußerst selten zu hören war. Er machte sich mit einem herzhaften, vergnügten Lachen Luft, und der andere alte Mann – der lachte ebenfalls.

Dann wandte dieser andere sich forsch an Carlyle, der der Szene mit kryptisch belustigter Miene beigewohnt hatte.

»Na, Toby«, sagte er heiter, »du unverbesserlicher Narr, du alter Romantiker, du Phantast, hast du dich nun überzeugt, dass sie diejenige ist, die du gesucht hast?«

Carlyle lächelte selbstbewusst.

»Aber natürlich«, sagte er. »In dem Punkt war ich mir von Anfang an ganz sicher, gleich als mir zu Ohren kam, was für ein Wirbelwind sie ist. Drum hab ich ja auch letzte Nacht Babe raufgeholt, damit er die Rakete steigen lässt.«

»Da bin ich aber wirklich froh«, sagte Colonel Moreland ernst. »Wir sind ziemlich dicht an euch drangeblieben, falls dir diese komischen sechs Nigger irgendwie Scherereien machen sollten. Und was haben wir uns Sorgen gemacht, ob wir euch beide dann auch tatsächlich in einer kompromittierenden Situation erwischen«, seufzte er. »Nun ja, mit Speck fängt man Mäuse!«

»Dein Vater und ich, wir sind die ganze Nacht aufgeblieben und haben gehofft, dass alles gut wird. Aber ob es so nun wirklich gut ist? Gott weiß, wie gerne sie dich mag, mein Junge. Schier in den Wahnsinn hat sie mich getrieben. Hast du ihr schon das russische Armband geschenkt, das diese Mimi Dingsbums meinem Detektiv ausgehändigt hat?«

Carlyle nickte.

»Psst!«, sagte er. »Sie kommt an Deck.«

Ardita tauchte oben an der Kajütstreppe auf und warf unwillkürlich einen raschen Blick auf Carlyles Handgelenke. Erstaunt verzog sie das Gesicht. Achtern hatten die Schwarzen wieder angefangen zu singen, und der kühle, taufrische See ließ ihre tiefen Stimmen fröhlich widerhallen.

»Ardita«, sagte Carlyle zögernd.

Sie schwebte einen Schritt auf ihn zu.

»Ardita«, wiederholte er atemlos, »ich muss dir etwas – etwas sagen – muss ich dir – die Wahrheit. Das war nämlich alles ein ausgemachter Schwindel, Ardita. Ich heiße gar nicht Carlyle. In Wirklichkeit heiße ich Moreland, Toby Moreland. Die ganze Geschichte war frei erfunden – aus der Luft gegriffen, aus der dünnen Luft von Florida.«

Sie starrte ihn an, in ihrer Miene wallten abwechselnd Bestürzung, ungläubiges Erstaunen und Wut auf. Die drei Männer hielten den Atem an. Moreland senior ging einen Schritt auf sie zu; Mr. Farnams Unterlippe klappte leicht herunter, während er, starr vor Entsetzen, auf das Donnerwetter wartete.

Doch es blieb aus. Stattdessen begann Ardita plötzlich übers ganze Gesicht zu strahlen, sie lachte leise, und dann trat sie rasch auf den jungen Moreland zu und blickte zu ihm empor, und in ihren grauen Augen war keine Spur von Zorn.

»Kannst du mir schwören«, sagte sie leise, »dass du dir das alles ganz alleine ausgedacht hast?«

»Ich schwöre es«, sagte der junge Moreland beflissen.

Sie zog seinen Kopf zu sich herunter und gab ihm einen zärtlichen Kuss.

»Was für eine Phantasie!«, sagte sie leise und beinahe neidisch. »Ich möchte, dass du mich mein ganzes Leben lang so süß belügst; du weißt schon, was ich meine.«

Schläfrig wehten die Stimmen der Neger herüber und verschmolzen zu einer Weise, die Ardita sie schon einmal hatte singen hören.

»'n Dieb ist die Zeit;
Freude und Leid
Welkt und erbleicht
Und wird gelb – oh.«

»Und was war nun in diesen Beuteln drin?«, fragte sie sanft.

»Florida-Schlamm«, erwiderte er. »Das war eins von den beiden Dingen, die nicht gelogen waren.«

»Das andere kann ich ja vielleicht erraten«, sagte sie; und dann stellte sie sich zur Veranschaulichung ihrer Worte auf die Zehenspitzen und gab ihm einen zärtlichen Kuss.

Stefan Zweig

Sommernovellette

Den Augustmonat des vergangenen Sommers verbrachte ich in Cadenabbia, einem jener kleinen Orte am Comer See, die dort zwischen weißen Villen und dunklem Wald so reizvoll sich bergen. Still und friedsam wohl auch in den lebendigeren Tagen des Frühlings, wenn die Reisenden von Bellagio und Menaggio den schmalen Strand beschwärmen, war das Städtchen in diesen warmen Wochen eine duftende, sonnenbeglänzte Einsamkeit. Das Hotel war fast ganz verlassen: ein paar versprengte Gäste, jeder dem andern durch die Tatsache merkwürdig, sich so verlorene Stelle zum Sommeraufenthalt erwählt zu haben, wunderten sich jeden Morgen, den andern noch standhaft zu finden. Am erstaunlichsten war dies mir bei einem älteren, sehr vornehmen und kultivierten Herrn, der – dem Aussehen nach ein Mitteltypus zwischen korrektem englischem Staatsmann und einem Pariser Coureur –, ohne zu irgendwelchem Seesport Zuflucht zu nehmen, den Tag damit verbrachte, den Rauch von Zigaretten sinnend vor sich in der Luft zergehen zu sehen oder ab und zu in einem Buche zu blättern. Die drückende Einsamkeit zweier Regentage und sein offenes Entgegenkommen gaben unserer Bekanntschaft rasch eine Herzlichkeit, die der Jahre Ungleichheit fast ganz überbrückte. Livländer von Geburt, in Frankreich und später in England erzogen, berufslos seit je, ohne ständigen Aufenthalt seit Jahren, war er heimatlos in dem edlen Sinne derer, die, Wikinger und Piraten der Schönheit, aller Städte Kostbarkeiten im räuberischen Flug in sich versammelt haben. Dilettantisch war er allen Künsten nahe, aber stärker als die Liebe war seine vornehme Verachtung, ihnen zu dienen: er dankte ihnen tausend schöne Stunden, ohne ihnen eine einzige schöpferischer Not gewidmet zu haben. Er lebte eines jener Leben, die überflüssig scheinen, weil sie sich keiner Gemeinsamkeit einketten, weil all der Reichtum, den tausend einzelne kostbare Erlebnisse innen aufgespeichert haben, mit ihrem letzten Atemzug unvererbt zerrinnt.

Davon sprach ich eines Abends zu ihm, als wir nach dem Diner vor dem Hotel saßen und sahen, wie sich der helle See langsam vor unserem Blick verdunkelte. Er lächelte: »Vielleicht haben Sie nicht unrecht. Ich glaube zwar nicht an Erinnerungen: Das Erlebte ist erlebt in der Sekunde, da es uns verlässt.

Und Dichtung: geht das nicht ebenso zugrunde, zwanzig, fünfzig, hundert Jahre später? Aber ich will Ihnen heute etwas erzählen, wovon ich glaube, dass es eine hübsche Novelle wäre. Kommen Sie! Solche Dinge sprechen sich besser im Gehen.«

So gingen wir den wunderbaren Strandweg entlang, überschattet von den ewigen Zypressen und verworrenen Kastanienbäumen, zwischen deren Gezweige der See unruhig spiegelte. Drüben lag die weiße Wolke Bellagio, sanft getönt von den hinrinnenden Farben der schon gesunkenen Sonne, und hoch, hoch oben über dem dunklen Hügel glänzte, von den Strahlen diamanten umfasst, die funkelnde Mauerkrone der Villa Serbelloni. Die Wärme war leicht schwülend und doch nicht lastend; wie ein sanfter Frauenarm lehnte sie sich zärtlich an die Schatten und füllte den Atem mit dem Dufte unsichtbarer Blüten.

Er begann: »Ein Geständnis soll den Anfang machen. Ich habe Ihnen bislang verschwiegen, dass ich schon im vergangenen Jahre hier war, hier in Cadenabbia, zur gleichen Jahreszeit und im gleichen Hotel. Das mag Sie wundern, umso mehr als ich Ihnen ja erzählte, dass ich es von je vermied, etwas in meinem Leben zu wiederholen. Aber hören Sie! Es war natürlich ebenso einsam wie diesmal. Der gleiche Herr aus Mailand war hier, der den ganzen

Tag Fische fängt, um sie abends wieder loszulassen und am nächsten Morgen wieder einzufangen; es waren zwei alte Engländerinnen da, deren leise vegetative Existenz man kaum bemerkte, ferner ein hübscher junger Bursch mit einem lieben, blassen Mädel, von der ich bis heute noch nicht glaube, dass sie seine Frau war, weil sie sich viel zu herzlich gern zu haben schienen. Schließlich eine deutsche Familie, Norddeutsche vom schärfsten Typus. Eine ältere, semmelblonde, hartknochige Dame mit eckigen, hässlichen Bewegungen, stechenden Stahlaugen und einem wie mit dem Messer geschnittenen scharfen, zänkischen Mund. Mit ihr eine Schwester, unverkennbar, denn es waren die gleichen Züge, nur zergangen, zerfaltet, irgendwie weich geworden, beide stets zusammen und nie doch im Gespräch und immer über die Stickerei gebeugt, in die sie ihre ganze Gedankenlosigkeit zu spinnen schienen, unerbittliche Parzen einer Welt der Langeweile und Beschränktheit. Und zwischen ihnen ein junges, etwa sechzehnjähriges Mädchen, die Tochter einer der beiden, ich weiß nicht, welcher, denn die harte Unfertigkeit ihrer Züge mischte sich schon mit leichter frauenhafter Rundung. Sie war eigentlich unhübsch, zu schlank, unreif, überdies natürlich ungeschickt gekleidet, aber es war etwas Rührendes in ihrer hilflosen Sehnsucht. Ihre Augen waren groß und wohl auch voll dunklen Lichtes, aber sie flüchteten immer verlegen weg, den Glanz in zwinkernde Lichter verflatternd. Auch sie kam immer mit einer Arbeit, aber ihre Hände wurden oft langsam, die Finger schliefen ein, und dann saß sie still, mit einem träumerischen, unbewegten Blick über den See hin. Ich weiß nicht, was mich so merkwürdig an diesem Anblick ergriff. War es der banale und doch so unvermeidliche Gedanke, der einen befällt, wenn man die verblühte Mutter mit der blühenden Tochter sieht, den Schatten hinter der Gestalt, der Gedanke, dass in jeder Wange die Falte, in jedem Lachen die Müdigkeit, in jedem Traume schon die Enttäuschung versteckt wartet? Oder war es diese wilde, eben ausbrechende, ziellose Sehnsucht, die sich überall in ihr verriet, jene einzige, wunderbare Minute im Leben der Mädchen, wo sie den Blick begehrend ins All richten, weil sie das Eine noch nicht haben, an das sie sich dann klammern und an dem sie dann faulend hängen wie Algen am schwimmenden Holz? Es war für mich unendlich packend, sie zu beobachten, den träumerischen, feuchten Blick, die wilde, überschwängliche Art, mit der sie jeden Hund und jede Katze liebkoste, die Unruhe, die sie vielerlei beginnen ließ und nichts zu Ende tun. Und dann die glühende Hast, mit der sie abends die paar elenden Bände der Hotelbibliothek durchjagte oder in den zwei zerlesenen Gedichtbänden blätterte, die sie sich mitgebracht hatte, in ihrem Goethe und Baumbach … Doch warum lächeln Sie?«

Ich musste mich entschuldigen: »Es ist nur die Zusammenstellung, Goethe und Baumbach.«

»Ach so! Natürlich, es ist ja komisch. Und doch wieder nicht. Glauben Sie mir, dass es jungen Mädchen in diesem Alter ganz gleichgültig ist, ob sie gute oder schlechte, echte oder verlogene Gedichte lesen. Ihnen sind Verse nur Becher für den Durst, und sie achten nicht auf den Wein, denn der Rausch ist ja schon in ihnen, noch ehe sie getrunken. Und so war dieses Mädchen, so kelchvoll von Sehnsucht, dass sie ihr bis in die Augen glänzte, die Spitzen der Finger über den Tisch zittern ließ und ihrem Gang eine eigene ungelenke und doch wieder beschwingte Art zwischen Flug und Furcht gab. Man sah, dass sie hungerte, mit jemandem zu sprechen, etwas von ihrer Fülle wegzugeben, aber da war niemand, nur Einsamkeit, nur das Klappern der Nadeln rechts und links, die kalten, bedächtigen Blicke der beiden Damen. Ein unendliches Mitleid kam mich an. Und doch, ich konnte mich ihr nicht nähern, denn erstlich, was ist ein bejahrter Mann einem Mädchen in diesem Augenblick, und dann, mein Abscheu vor Familienbekanntschaften und besonders Bekanntschaft ältlicher Bürgerdamen erdrosselte jede Möglichkeit. Da versuchte ich eine merkwürdige Sache. Ich dachte: Dies ist ein junges Mädchen, unflügge, unerfahren, das erste Mal wohl in Italien, das ja in Deutschland, dank dem Engländer Shakespeare, der nie dort gewesen ist, als das Land der romantischen Liebe gilt, der Romeos, der heimlichen Abenteuer, der fallenden Fächer, blitzenden Dolche, der Masken, Duennas und der zärtlichen Briefe. Sicherlich träumt sie von Abenteuern, und wer kennt Mädchenträume, diese weißen, wehenden Wolken, die ziellos im Blau schweben und so wie die Wolken immer am Abend in heißeren Farben, in Rosa und dann in brennendem Rot erglühen? Nichts wird ihr hier Unwahrscheinlichkeit, Unmöglichkeit dünken. So entschloss ich mich, ihr einen geheimnisvollen Liebhaber zu erfinden.

Und noch am selben Abend schrieb ich einen langen Brief demütiger und respektvoller Zärtlichkeit, voll fremdartiger Andeutungen und ohne Unterschrift. Einen Brief, der nichts verlangte, nichts verhieß, überschwänglich und zurückhaltend zugleich, kurz, einen romantischen Liebesbrief wie aus einem Versstück. Und da ich wusste, dass sie täglich, von ihrer Unrast gejagt, als Erste beim Frühstück erschien, faltete ich ihn in die Serviette ein. Der Morgen kam. Ich beobachtete sie vom Garten aus, sah ihre ungläubige Überraschung, ihr jähes Erschrecken, sah die rote Flamme, die über die blassen Wangen schoss und hastig bis tief in die Kehle lief. Sah ihr hilfloses Umblicken, das Zucken, die diebische Bewegung, mit der sie den Brief verbarg, und dann, wie sie unruhig, nervös saß, das Frühstück kaum berührend und schon wegschießend, hinaus, irgendwohin in die schattigen, unbelebten Gänge, das geheimnisvolle Schreiben zu entziffern… Sie wollten etwas sagen?«

Ich hatte unwillkürlich eine Bewegung gemacht, die ich jetzt erklären musste. »Ich finde das sehr verwegen. Haben Sie nicht daran gedacht, sie könnte nachforschen, oder das Einfachste, den Kellner fragen, wie der Brief in die Serviette kam? Oder ihn ihrer Mutter zeigen?«

»Natürlich dachte ich daran. Aber hätten Sie das Mädchen gesehen, dieses furchtsame, verschreckte liebe Geschöpf, das sich immer ängstlich umsah, wenn sie einmal etwas lauter gesprochen hatte, dann wäre Ihnen jedes Bedenken verflogen. Es gibt Mädchen, deren Schamhaftigkeit so groß ist, dass Sie mit ihnen das Äußerste wagen können, weil sie so hilflos sind und lieber das Ärgste erdulden, ehe sich mit einem Worte andern anzuvertrauen. Lächelnd sah ich ihr nach und freute mich, wie sehr mein Spiel gelungen war. Da kam sie schon zurück, und ich fühlte mein Blut plötzlich an der Schläfe: Das war ein anderes Mädchen, ein anderer Schritt. Sie ging unruhig und verworren heran, eine glühende Welle hatte ihr Gesicht übergossen, und eine süße Verlegenheit machte sie ungelenk. Und so den ganzen Tag. Zu jedem Fenster flog ihr Blick auf, als könnte er dort das Geheimnis fassen, jeden Vorüberschreitenden umkreiste er, und einmal fiel er auch auf mich, der ihm vorsichtig auswich, um sich nicht durch ein Blinken zu verraten; aber in dieser blitzschnellen Sekunde hatte ich ein Feuer der Frage gefühlt, vor dem ich fast erschrak, und wieder nach Jahren empfunden, dass keine Wollust gefährlicher, verlockender und verderbter ist, als jenen ersten Funken in das Auge eines Mädchens zu sprengen. Ich sah sie dann zwischen den beiden sitzen mit schläfrigen Fingern und sah, wie sie manchmal hastig an eine Stelle ihres Kleides griff, von der ich sicher war, dass sie den Brief verbarg. Nun lockte mich das Spiel. Und noch am Abend schrieb ich ihr einen zweiten Brief und so die nächsten folgenden Tage: Es wurde mir ein eigener erregender Reiz, die Empfindungen eines verliebten, jungen Menschen in meinen Briefen zu verkörpern, Steigerungen einer Leidenschaft zu erfinden, die nur ersonnen war, es wurde mir ein fesselnder Sport, wie Jäger ihn wohl haben mögen, wenn sie Schlingen legen oder Wild vor ihre Läufe locken. Und so unbeschreiblich, fast schreckhaft war für mich mein eigener Erfolg, dass ich schon dachte abzubrechen, hätte die Versuchung mich nicht so glühend an das begonnene Spiel gefesselt. Eine Leichtigkeit, eine wilde Wirrnis wie vom Tanz kam in ihren Gang, eine eigene fiebrige Schönheit brach aus ihren Zügen; ihr Schlaf musste ein Warten und Wachen auf den Brief des Morgens sein, denn ihr Auge war dunkel in der Frühe verschattet und unstet in seinem Feuer. Sie begann auf sich zu achten, trug Blumen in ihrem Haar, eine wunderbare Zärtlichkeit gegen alle Dinge beschwichtigte ihre Hände, eine stete Frage lag in ihrem Blick, denn sie fühlte aus tausend Kleinigkeiten, die ich in den Briefen verriet, dass der Schreiber ihr nahe sein musste, ein Ariel, der mit Musik die Lüfte füllt, nahe schwebend, das geheimste Tun belauschend und doch durch seinen Willen unsichtbar. So heiter wurde sie, dass selbst den beiden stumpfen Damen die Wandlung nicht entging, denn manchmal ließen sie gütig-neugierig ihren Blick an der eilenden Gestalt und an den aufknospenden Wangen haften, um sich dann mit verstohlenem Lächeln anzusehen. Ihre Stimme bekam Klang, wurde lauter, heller, verwegener, und an ihrer Kehle zitterte oft ein Zucken und Schwellen, als wollte plötzlich Gesang in jubelnden Trillern aufsteigen, als wäre … Aber Sie lächeln schon wieder!«

»Nein, nein, bitte erzählen Sie nur weiter. Ich meine nur, Sie erzählen sehr gut. Sie haben – verzeihen Sie – Talent und würden sicher das so gut erzählen wie einer unserer Novellisten.«

»Damit wollen Sie mir wohl höflich und vorsichtig andeuten, dass ich erzähle wie Ihre deutschen Novellisten, also lyrisch verstiegen, breit, sentimentalisch, langweilig. Ja, ich will kürzer sein! Die Marionette tanzte, und ich zog die Fäden mit überlegter Hand. Um von mir jeden Verdacht abzulenken – denn manchmal fühlte ich, wie sich ihr Blick prüfend an dem meinen anhalten wollte –, hatte ich ihr die Möglichkeit nahe gestellt, dass der Schreiber nicht hier, sondern in einem der nahen Kurplätze wohne und täglich im Boot oder mit dem Dampfer herüberkäme. Und nun sah ich sie immer, wenn die Glocke des nahenden Schiffes klang, unter einem Vorwand der mütterlichen Wacht entgleiten, wegstürmen und von einem Winkel des Piers die Ankommenden mit angehaltenem Atem mustern.

Und da geschah es einmal – es war ein trüber Nachmittag, und ich wusste nichts Besseres, als sie zu beobachten –, dass etwas sehr Merkwürdiges sich ereignete. Unter den Passagieren war ein hübscher junger Mann, mit jener extravaganten Eleganz der italienischen jungen Leute gekleidet, und wie er suchend den Ort überflog, fiel ihm voll der verzweifelt suchende, fragende, saugende Blick des jungen Mädchens ins Auge. Und sofort überstürzte, das leise Lächeln wild überflutend, die rote Welle der Scham ihr Gesicht. Der junge Mann stutzte, wurde aufmerksam – wie ja leicht verständlich ist, wenn man einen so heißen Blick voll tausend ungesagter Dinge zugeworfen empfängt –, lächelte und suchte ihr zu folgen. Sie flüchtete, stockte in der Sicherheit, dass es der lang Gesuchte war, eilte wieder weiter und sah sich doch wieder um, es war jenes ewige Spiel zwischen Wollen und Fürchten, Sehnsucht und Scham, in dem doch immer die süße Schwäche die Stärkere ist. Er, sichtlich ermutigt, wenn auch überrascht, eilte nach und war ihr schon nahe, und ich fühlte mit Erschrecken, wie sich alles zu einem beängstigenden Chaos verwirren müsse – da kamen die beiden Damen den Weg entlang. Das Mädchen flog ihnen wie ein scheuer Vogel entgegen, der junge Mann zog sich vorsichtig zurück, aber noch trafen sich im Rückwenden einmal ihre Blicke, um sich fieberhaft ineinander zu saugen. Dieses Ereignis mahnte mich zuerst, dem Spiel ein Ende zu machen, aber doch die Verlockung war zu stark, und ich entschloss mich, diesen Zufall als willigen Gehilfen zu wählen, und schrieb ihr am Abend einen ungewöhnlich langen Brief, der ihre Vermutung bestätigen musste. Es reizte mich, nun mit zwei Personen zu agieren.

Am nächsten Morgen erschreckte mich die zitternde Verwirrung in ihren Zügen. Die schöne Unrast war einer mir unverständlichen Nervosität gewichen, ihre Augen waren feucht und gerötet wie von Tränen, ein Schmerz schien sie im Tiefsten zu durchdringen. All ihr Schweigen schien nach einem wilden Schrei zu drängen, Dunkel lag um ihre Stirne, eine düstere herbe Verzweiflung in ihren Blicken, während ich gerade diesmal klare Freude erwartet hatte. Mir wurde bange. Zum ersten Mal drängte sich etwas Fremdes ein, die Marionette gehorchte nicht und tanzte anders, als ich wollte. Ich grübelte nach allen Möglichkeiten und fand keine. Mir begann angst zu werden vor meinem Spiel, und ich kehrte nicht vor abends heim, um der Anklage in ihren Blicken zu entweichen. Als ich heimkam, verstand ich alles. Der Tisch war nicht mehr gedeckt, die Familie war abgereist. Sie hatte fort müssen, ohne ihm ein Wort sagen zu können, und konnte den Ihren nicht verraten, wie sehr ihr Herz noch an einem einzigen Tage, an einer Stunde hing, sie war fortgeschleppt worden aus einem süßen Traum in irgendeine klägliche Kleinstadt. Daran hatte ich vergessen. Und ich fühle jetzt noch wie eine Anklage diesen letzten Blick, diese furchtbare Gewalt von Zorn, Qual, Verzweiflung und bitterstem Weh, das ich, wer weiß wie weit, in ihr Leben hineingeschleudert habe.«

Er schwieg. Mit uns war die Nacht gegangen, und von dem durch Gewölk verhangenen Mond ging ein eigentümlich klirrendes Licht aus. Zwischen den Bäumen schienen Funken und Sterne zu hängen und die bleiche Fläche des Sees. Wir gingen wortlos weiter. Endlich brach mein Begleiter das Schweigen. »Das war die Geschichte. Wäre es nicht eine Novelle?«

»Ich weiß nicht. Es ist jedenfalls eine Geschichte, die ich mit den anderen mir bewahren will, für die ich Ihnen schon dankbar sein muss. Aber eine Novelle? Ein schöner Einsatz, der mich verlocken könnte, vielleicht. Denn diese Menschen, sie streifen sich nur, sie beherrschen sich nicht ganz, es sind Ansätze zu Schicksalen, aber kein Schicksal. Man müsste sie zu Ende dichten.«

»Ich verstehe, was Sie meinen. Das Leben des jungen Mädchens, die Heimkehr in die Kleinstadt, die furchtbare Tragik der Alltäglichkeit ...«

»Nein, nicht das so sehr. Das junge Mädchen interessiert mich weiter nicht. Junge Mädchen sind immer uninteressant, so merkwürdig sie sich auch selbst dünken, weil ihre ganzen Erlebnisse nur negative und darum zu ähnliche sind. Das Mädchen in diesem Falle heiratet, wenn ihre Zeit gekommen ist, den braven Bürgersmann daheim, und diese Affäre bleibt das blühende Blatt ihrer Erinnerungen. Das Mädchen interessiert mich nicht weiter.«

»Das ist merkwürdig. Ich wieder weiß nicht, was Sie an dem jungen Mann finden können. Solche Blicke, dieses Feuer im Vorübersprühen, fängt jeder in seiner Jugend, die meisten bemerken es gar nicht, die anderen vergessen rasch daran. Man muss alt werden, um zu wissen, dass gerade dies vielleicht das Edelste und Tiefste ist, das man empfängt, das heiligste Vorrecht der Jugend.«

»Es ist auch gar nicht der junge Mann, der mich interessiert …«

»Sondern?«

»Ich würde den älteren Herrn, den Briefschreiber, umformen, ihn zu Ende dichten. Ich glaube, in keinem Alter schreibt man ungestraft feurige Briefe und träumt sich in die Gefühle einer Liebe hinein. Ich würde darzustellen versuchen, wie aus dem Spiele Ernst wird, wie er das Spiel zu beherrschen glaubt, da das Spiel schon ihn beherrscht. Die erwachende Schönheit des Mädchens, die er als Beobachter nur zu sehen vermeint, reizt und fasst ihn tiefer. Und der Augenblick, da ihm plötzlich alles entgleitet, gibt ihm eine wilde Sehnsucht nach dem Spiel und – dem Spielzeug. Mich würde jene Umkehr in der Liebe reizen, die die Leidenschaft eines alten Mannes der eines Knaben sehr ähnlich machen muss, weil beide sich nicht ganz vollwertig fühlen, ich würde ihm das Bangen und die Erwartung geben. Ich ließe ihn unstet werden, ihr nachreisen, um sie zu sehen, und doch im letzten Augenblick sich nicht in ihre Nähe wagen, ich ließe ihn an denselben Ort wieder zurückkommen in der Hoffnung, sie wiederzusehen, den Zufall zu beschwören, der dann immer grausam ist. In dieser Linie würde ich mir die Novelle denken, und sie wäre dann …«

»Verlogen, falsch, unmöglich!«

Ich schrak auf. Die Stimme fuhr hart, heiser zitternd und fast drohend in meine Worte. Nie hatte ich bei meinem Begleiter eine solche Erregung gesehen. Blitzschnell ahnte ich, woran ich unbedachtsam getastet hatte. Und wie er so hastig stehen blieb, sah ich, peinlich berührt, sein weißes Haar schimmern.

Ich wollte rasch ablenken, umbiegen. Aber da sprach er schon wieder, und jetzt ganz herzlich und dunkelweich mit seiner ruhenden tiefen Stimme, die von leiser Melancholie schön getönt war. »Oder Sie mögen recht haben. Es ist ja viel interessanter, *L'amour coûte cher aux vieillards*, so hat, glaube ich, Balzac eine seiner rührendsten Geschichten genannt, und es ließen sich noch viele zu dem Titel schreiben. Aber die alten Leute, die davon das Heimlichste wissen, erzählen nur gern von ihren Erfolgen und nicht von ihren Schwächen. Sie fürchten lächerlich zu sein in Dingen, die doch nur irgendwie der Pendelschlag des Ewigen sind. Glauben Sie wirklich, dass es ein Zufall war, dass gerade jene Kapitel der Memoiren des Casanova ›verlorengegangen‹ sind, wo er altert, wo aus dem Hahn ein Hahnrei, aus dem Betrüger der Betrogene wird? Vielleicht wurde ihm nur die Hand zu schwer und das Herz zu eng.«

Er bot mir die Hand. Nun war seine Stimme wieder ganz kühl, ruhig und unbewegt. »Gute Nacht! Ich sehe, es ist gefährlich, jungen Leuten in Sommernächten Geschichten zu erzählen. Das gibt leicht törichte Gedanken und allerhand unnötige Träume. Gute Nacht!«

Und er ging mit seinen elastischen, aber doch von den Jahren schon verlangsamten Schritten ins Dunkel zurück. Es war schon spät. Aber die Müdigkeit, die sonst von der Wärme der weichen Nächte mich früh befing, war heute zerstreut durch die Erregung, die im Blute aufklingt, wenn einem Seltsames widerfährt oder wenn man Fremdes für einen Augenblick wie Eigenes erlebt. So ging ich den stilldunklen Weg entlang bis zur Villa Carlotta, die mit marmorner Treppe in den See niedersteigt, und setzte mich auf die kühlen Stufen. Wunderbar war die Nacht. Die Lichter von Bellagio, die früher nahe wie Leuchtkäfer zwischen den Bäumen funkelten, schienen nun unendlich ferne über dem Wasser, und langsam fielen sie, eins nach dem anderen, in das schwere

Dunkel zurück. Schweigsam lag der See, blank wie ein schwarzer Edelstein und doch von wirrem Feuer an den Kanten. Und wie weiße Hände zu hellen Tasten, so griffen die plätschernden Wellen mit leisem Schwall die Stufen auf und nieder. Endlos hoch schien die bleiche Himmelsferne, auf der Tausender Sterne Funkeln war. Ruhevoll, in blitzendem Schweigen standen sie: Nur manchmal löste sich einer aus dem demantenen Reigen jäh los und stürzte in die Sommernacht hinein; hinein in das Dunkel, in Täler, Schluchten, Berge oder ferne Wasser, ahnungslos und von blinder Kraft geschleudert wie ein Leben in die jähe Tiefe unbekannter Geschicke.

Hermann Harry Schmitz

Hitze! Hitze!

Man spreche mir nicht von wollenem Unterzeug, von Kamelhaardoppelleibchen, von dicken Schafswollsocken, von Pelzmützen mit Ohrenwärmern, Pulswärmern, Glühwein oder heißen Bettkrügen. Oh, das lasse man lieber, denn ich kann dann sehr ungemütlich und hässlich werden. Ich bin ohnehin aufs Höchste gereizt.

Ich bin kein Eisverkäufer oder Selterwasserfabrikant oder Aktionär eines Strandbades oder einer Badeanstalt. Ich profitiere nicht von den Hitzeferien in den Schulen. Ich habe nicht den geringsten Vorteil von der Hitze. Sie quält mich nur auf das Furchtbarste und bringt mich dem Irrsinn nahe. Dazu kommt, ich bin schlecht gerüstet gegen dieses afrikanische Wetter.

Vor einigen Jahren starb mein Onkel Hubert. Ich bekam seinen Panamahut. Es war ein wertvoller Panama, so sagten meine Verwandten, die des Onkels goldene Uhr und seine Schmuckgegenstände an sich nahmen.

Man kann Panamahüte so lange tragen, wie man will, sie werden dadurch nicht reiner und ansehnlicher. Ich habe meinen Panamahut getragen, bis er grün wurde. Wir sind auf ein unterhaltsam, lehrreich Blättchen, den *Familienfreund*, abonniert. Da findet man eine Rubrik »Praktische Ratschläge fürs Haus«. Es wird angegeben, wie man Tintenflecken aus Damasttüchern entfernt, wie man aus Zahnstochern und Apfelresten lustige Spielzeuge für die lieben Kleinen machen kann, wie man Gardinen und Muskeln stärkt, und auch wie man alte Panamahüte wie neu auffrischt. Ich habe genau nach dem Panamaauffrischungsrezept gehandelt, ich habe stundenlang aufgefrischt. Ich muss irgendetwas falsch gemacht haben. Mein Panamahut ist wohl weiß geworden, ist aber zusammengeschrumpft wie ein Stück Haut. Ich habe ihn von einem befreundeten Architekten zum Hute formen lassen. Er bekam aber nur noch den Durchmesser einer Kaffeetasse und saß mir auf dem Kopfe wie ein Zündhütchen. Ich habe ihn einmal auf Zureden eines Todfeindes aufgesetzt. Alle Welt hat mich geschnitten. Assessor Bleistiftschutz hat ostentativ weggeguckt. Frau Rat Tüllentropf ist schnell in ein Geschäft geflüchtet. Das tat mir weh, sehr weh. Man hat den Hut dann bei uns zum Durchschlagen von Pflaumenmus benutzt.

Ich trage jetzt meinen guten, braunen, so häufig

verwechselten, fünf Pfund schweren, steifen Filz. Ich habe das Gefühl, als hätte ich einen brennenden Petroleumkocher auf dem Kopf. Meine Haare werden nur so abgesengt. Mein Kopf ähnelt einer Prärie nach einem Brande.

Man hatte mir als Kind gegen wehe Augen kleine Goldknöpfchen in die Ohren gemacht. Sie sind bei der durch den Filzhut verstärkten Hitze geschmolzen und abgetropft wie Siegellack. Auch ein Stück Ohrläppchen ging verloren, aber nur wenig. Die Ohren sind zu knallroten Blasen, gleich Kinderballons, angeschwollen. Ich sehe nun wirklich merkwürdig aus. Es kleidet mich nicht besonders. Vornehme Leute, die mal sagten, sie wollten mich einladen, haben es nie getan.

Ich habe eine wirklich, eine wirklich schöne weiße Hose gehabt. Ein angenehm kühles Kleidungsstück. Mein Patenonkel Emil Heisterbach, der zwei Häuser weiter auf der gleichen Straße wie wir wohnte, hatte sie auf einer Reise in Ruhrort für sich gekauft. Leichtsinnig, wie der alte Heisterbach immer war, hatte er die Hose nicht anprobiert. Natürlich war sie nachher zu eng, selbst wenn er die Schnalle offen ließ. Er hatte sie mir dann zu meinem dreißigsten Geburtstag nebst zwanzig Mark in bar geschenkt. Ein herzensguter Mensch, der Onkel Emil! Er starb bald darauf.

Am Fettherz, der Arme!

Gott, das war eine Prachthose, etwas ungemein Erfrischendes hatte sie. Brachte man sie in die Nähe eines Thermometers, sank es gleich um etliche Grad. Diese Hose war die Kühle, der frische Wind an sich. Sie war ein Wunder, ein unglaublicher Triumph der Kühltechnik. Es lag hauptsächlich am Stoff, ein wenig zwar auch an der Konstruktion. Die Hose hatte messerartige Bügelfalten.

Ich war krankhaft stolz auf die Hose. Ich probierte sie fast täglich vor meinem Spiegel, wagte es aber nicht, darin auszugehen. Ich war sicher, dass es sofort regnen würde, und mit der Schönheit meiner schönen Kühlhose wäre es dann alle gewesen. Oder es konnte ihr anderes Missgeschick im Getriebe der Straßen widerfahren. Ein Radfahrer konnte gegen mich fahren, Hunde konnten Unheil anrichten, kleine, süße, entzückende Kinderchen ihre mit Apfelkraut verklebten Händchen gegen meine Hose drücken. Ich wäre bald der Wunderhose verlustig gegangen. Schon in pietätvollem Gedenken an den guten Onkel durfte an der so außergewöhnlichen Hose nichts geschehen.

Außerdem stand in unserem *Familienfreund* nichts darüber, wie man weiße Hosen zu waschen habe.

Tag um Tag nahm die Hitze zu. Auf der Straße

schmolz man dahin wie Wachs. Der Asphalt war aufgeweicht, und die Straßen glichen Morästen. Die Welt draußen war eine Hölle.

Dinge, die man hart liebte, wurden weich, schmolzen; was weich sein sollte, wurde hart, dorrte aus. Butter wurde zu Öl und lief einem vom Brot in den Ärmel. Brötchen, die man, weiß Gott, ohne ein Feinschmecker und Genussmensch zu sein, gerne weich aß, wurden steinhart und erinnerten an Hammerköpfe aus der Steinzeit, wie man sie in Museen findet. In den Flaschen brodelte der Wein und das Bier. Aus der Wasserleitung lief glühendes Blei, die Rohre verzehrten sich in der Glut. Die Metallplomben schmolzen in den Zähnen. Man sprach unter dem Einfluss der Hitze unwillkürlich einen Kongodialekt. Zigarren und Zigaretten rauchten sich selbst zugrunde.

Ich lag in drei Eisschränke verteilt, die Beine hatte ich in je einem und den Oberkörper und Kopf in einem anderen, großen Eisschrank (mit mir zusammen waren noch Würste, Suppenknochen, Käse und Ähnliches) und litt dennoch unter der höllischen Hitze. Ich verbrauchte einen Rhonegletscher an Eis. Um mich schnurrten weißglühende Ventilatoren.

Wie ein lähmendes Band legte sich die Glut um mein Denken; wenn ich leise mit dem Kopf wackelte, spürte ich das Gehirn plätschern. Alles, trotz der drei Eisschränke! Ich musste mein Gehirn beschäftigen, musste mich für irgendetwas interessieren, wenn ich nicht im Stumpfsinn ganz vergehen wollte. Ich griff zur Zeitung. »Hitze, Hitze, Hitze«, atmete es mich glühend an aus ihren Spalten. Berichte über Hitzschlag, statistische Vergleiche der bisherigen höchsten Temperaturen, genaue Angaben der Gradhöhe morgens, mittags und abends aus allen Städten, Mittel gegen Hitzschläge, Vorschriften für die Bekleidung, über Hitzeferien, so höhnte es mich an. Was gingen mich alle die Vorschläge an über eine einheitliche Regelung der Hitzeferien? Der älteste Mann der Stadt soll darüber entscheiden!, proportionierte jemand. Die Vision peinigte mich: Ein uralter Mann, höllenhaft schwitzend, auf einem Eiskühler sitzend, einer zweiten Pythia gleich, dem fragenden Volke kündend, ob hitzefrei sei oder nicht!

Dem Himmel sei Dank, die Zeitung verbrannte mir in der Hand. Es wäre sonst mein Ende gewesen.

Ich musste eines Tages allerdringendst in die Stadt. Ich hatte in der Wohltätigkeitslotterie zum Besten der vom Hitzschlag betroffenen Unglücklichen zwei Pelzkragen, einen Karton Aachener Printen und drei Dutzend Tulpengläser gewonnen. Die Gewinne mussten sofort eigenhändig abgeholt werden.

Es war an dem Tage so heiß, dass das Quecksilber oben am Thermometerrohr herausspritzte und die Wände hinaufkroch. Feuersalamander hörten auf, sich über zu frische Temperatur zu beklagen.

Nach langem Kampfe habe ich mich entschlossen, die weiße Hose anzuziehen. Sie bewährte sich glänzend. Die Strahlen der gierigen Sonne prallten ab an dem Weiß der Unschuld. Wenn ich nicht den schweren Filz aufgehabt hätte und einen sechs Zentimeter hohen, weiß lackierten Patentblechkragen »Schmilzt nicht«, so wäre es noch erträglicher gewesen.

Ich traf auf der Straße ein feuchtes, klebriges, transpirierendes Etwas, meinen Freund Adam Schüttelfrost. Er erinnerte an einen Fürst-Pückler-Eispudding, den das Mädchen aus Versehen angewärmt hat. Er schwitzte einfach monumental, michelangelesk. Es war ihm so heiß, dass ihm beim Sprechen die Konsonanten in Vokale zerflossen.

Er war auf dem Wege zum Fluss. Er wollte baden. Er hatte noch den Kinderglauben vom »erfrischenden Bad«. Er hat dann auch richtig mit anderen ebenso naiven Unglücklichen den Tod gefunden, sie sind alle schlicht im Fluss verbrüht. Sie hätten sich geradeso gut in glühende Bouillon legen können.

Ich würde schon aus dem Grunde nie öffentlich baden, weil ich X-Beine habe. Zwar hat mir mal eine

Amerikanerin in Ostende gesagt, ich hätte *a gothical act,* und es wäre *very nice indeed.* Aber was nutzt mir das, die Leute lachen doch.

Die weiße Hose funktionierte fabelhaft. Wäre ich nicht so unvorsichtig gewesen, mich in einen Korb schwarzer Waldbeeren zu setzen, hätte ich noch lange Nutzen von dieser Wunderhose »Antihitze« gehabt. Aber ich entsetzlicher Tölpel tat das.

Ich war ein gebrochener Mann. Ich habe in meiner Not die Hose gewaschen nach dem Panamawaschrezept aus dem *Familienfreund,* mit dem Erfolg, dass aus der Prachthose eine sehr kleine Schwimmhose wurde, so war die Hose eingelaufen.

Ich gehe jetzt nicht mehr aus und nehme mir die Tracht der Papuas zum Vorbild. Ich liege in meinen drei Eisschränken und beobachte die mit Leim bestrichenen Patentfliegenfänger »Hurra! Hurra!«, bedenke, wie weise die Natur die fehlende Kühle durch umso größere Mengen von Fliegen und Mücken ersetzt und so die Menschen tunlichst davor bewahrt, durch die grässliche Hitze beeinflusst, in dumpfes Dösen und eine tödliche Lethargie zu verfallen. Alles ist weise eingerichtet. O ja, o ja!

Tante Fina ist gegen das geleimte Fliegenband gelaufen. Es klebte ihr im Gesicht fest. Es war schwer, das Band abzumachen. Aber mit Gewalt ging es ab, zwar auch ein Stückchen Backe. Tante Fina schrie schrecklich. Dabei klebten ihr noch vier Fliegen im Gesicht. Die sahen aus wie Rosinen in einem mürben Platz. Ich habe sie abgepolkt und wieder auf den Fliegenfänger geklebt.

Alle, die der Tante Fina geholfen, hatten klebrige Finger. Auch Sebastian. Er hat gleich darauf Klavier gespielt. Die Tasten sind ihm an den Fingern kleben geblieben, er war ein jähzorniger Mensch und hat die Tasten wie Wurzeln ausgerissen.

Der Fliegenleimstreifen hängt an der Lampe herunter. Ich stiere apathisch, wie die Fliegen so töricht sind und sich auf den Streifen setzen anstatt auf den Porzellanknopf der Hängelampe, wie einst. Die Backofentemperatur steigt, steigt. Ich denke mit einem gewissen Behagen in meinen Eisschränken daran, dass ich bei einem solchen Teufelswetter höchst ungern Heizer auf einem Dampfschiff oder Radrennfahrer sein möchte.

Rainer Brambach

Auch diesen Sommer wieder…
oder Von Basel nach Poralustico

Wir sitzen in der Kneipe und sitzen. Es regnet seit Tagen, und die Luft, die wir atmen, ist nass, und wir haben keinen Durst mehr. Durch die geöffneten Fenster schwimmen die Fische herein, sie schwimmen durch die Tür wieder hinaus, und was von ihnen zurückbleibt, ist das lautlose Auf- und Zuklappen von Kiemen und Maul.

Kurz, hierzulande gibt es Wasser in Fülle. Die städtischen Brunnen brauchen nicht abgestellt zu werden; die Rheinfähren fahren im Rekordtempo vom Groß- ins Kleinbasel und wieder zurück; die Regenmäntel-, Schirm- und Taucherbrillenfabrikanten reiben sich die nassen Fäuste; die Zeitungen melden die Geburt eines Babys mit Schwimmhäuten zwischen Finger und Zehen und dem deutlichen Ansatz zur Nackenflosse – während der Regenpfeifer (gemeint ist der Vogel) so wie wir auf trockene Zeiten hofft.

Wenn wir mit der flachen Hand unsere nackten

Arme reiben, fallen die Schuppen ins leere Glas, nicht vom Schorf und nicht von sonnenverbrannter Haut – die Metamorphose beginnt.

Heraus aus dem Sumpf! In die Luft und südwärts wie die Stare, die das nasskalte Wetter auch nicht ertragen können, in den Pappeln Konzil halten, Geschwätz, Geschrei, Verleumdung, Neid – alles inbegriffen –, und dann auf die Reise gehn.

Wir sind keine Stare, leider. Wir können nicht fliegen und nicht mit dem Schwanz wippen. Und trotzdem möchten wir südwärts. In die Sonne, ans Meer, wo uns im Nieselregen keine algengrünen Gesichter erscheinen. Ja, es ist etwas Seltsames mit dieser Sehnsucht nach dem Orient oder dem Mittelmeer, nach den Sonetten Petrarcas, nach Dantes Beatrice oder der Hoheit Cleopatras. Wir sitzen hier, über den roten Zweier gebeugt und stieren ins Glas, aber unsere Gedanken sind dort: Die weißen, jedes Jahr neu getünchten kleinen Häuser, die Dattelpalmen, die Kokosnüsse, die Seesterne und José, der von Fleury keine Ahnung hat. Hingegen von Fatima und ihren Bauchtänzen, vom Hahnenkampf und Fatimas keifender Großmutter mit dem Gesicht eines Pfefferfressers.

Der Zweier ist ausgetrunken, die Sintflut hat eingesetzt, draußen regnet es waschecht. Seltsamerweise fährt ein Spritzenwagen, aus allen Ösen spritzend, vor dem Fenster vorbei. Die Geranien, im Absterben begriffen, schütteln sich und verfärben sich yellow submarine. Fräulein, einen Halben! Wir müssen den Reiseplan erläutern. Ein trockenes, grünes Land, wo das Wasser nur bis an die Ufer kommt. Wo keine Fische zum Fenster hineinschwimmen, aber wo Fatimas braungebrannt trockener Nabel kreist. Wenn der Halbe leergetrunken ist, der Himmel ein Einsehn hat mit etwas Blau, führt unser Weg zum Reisebüro.

»Sie wünschen?«, fragt der freundliche Angestellte.

Bleichgesichtig sagen wir: »Südwärts.«

»Wohin wünschen Sie?«, fragt der freundliche Angestellte.

»Südwärts«, sagen wir.

»Wohin genau?« – der freundliche Angestellte.

»Zu Fatima nach Poralustico.«

»Nach Ober- oder Unter-Poralustico?«, fragt der freundliche Angestellte und schaut melancholisch hinaus in den Regen. Draußen fährt, aus allen Ösen spritzend, der Spritzenwagen vorbei.

Es sei uns egal, sagen wir, und auf die Frage, mit wem wir fliegen wollen, antworten wir nüchtern: »Mit wem wohl?«

In Poralustico gibt es kleine, palmenbedeckte Strandbars, nach drei Seiten offen. Liegestühle stehn und Pedalos liegen am Strand. Am Tag brennt die Sonne, nachts Fatima. Unsere Reisegesellschaft hat uns in einem Zweierzimmer untergebracht, wir werfen rasch einen Blick aufs Meer und ziehn die Badehose hoch. Wenn wir herunterkommen, serviert uns José einen Sangria oder Rezina, einen Tequila oder einfach einen ländlichen Roten.

Wir sind den Fischen entronnen, dem Landregen, den krachenden Gewittern, grauen Alltag. Übrigens: Die Hostess hat ein Gesicht wie eine Sonnenblume.

Walter Benjamin

In der Sonne

Siebzehn Arten von Feigen gibt es, wie es heißt, auf der Insel. Ihre Namen – sagt der Mann, der in der Sonne seinen Weg macht – müsste man kennen. Ja, man müsste die Gräser und die Tiere nicht allein gesehen haben, die der Insel Gesicht, Laut und Geruch geben, die Schichtungen des Gebirges und die Arten des Bodens, der vom staubigen Gelb bis zum violetten Braun geht, mit den breiten Zinnoberflächen dazwischen – sondern vor allem ihren Namen müsste man wissen. Ist nicht jeder Erdstrich Gesetz einer nie wiederkehrenden Begegnung von Gewächsen und Tieren und also jede Ortsbezeichnung eine Chiffre, hinter welcher Flora und Fauna ein erstes und ein letztes Mal aufeinandertreffen? Aber der Bauer hat ja den Schlüssel der Chiffreschrift. Er kennt die Namen. Dennoch ist es ihm nicht gegeben, über seinen Sitz etwas auszusagen. Sollten die Namen ihn wortkarg machen? Dann fällt die Fülle des Worts nur dem zu, der das Wissen ohne die Namen hat, die Fülle des Schweigens aber dem, der nichts hat als sie?

Gewiss stammt der, der so im Gehen vor sich hin sinnt, nicht von hier, und kamen ihm daheim Gedanken unter freiem Himmel, so war es Nacht. Nur mit Befremden ruft er sich ins Gedächtnis, dass ganze Völker – Juden, Inder, Mauren – ihr Lehrgebäude unter einer Sonne sich errichtet haben, die ihm das Denken zu wehren scheint. Die Sonne steht sengend in seinem Rücken. Harz und Thymian schwängern die Luft, in der er, atemholend, zu ersticken glaubt. Eine Hummel schlägt an sein Ohr. Noch hat er ihre Nähe kaum erfasst, da hat der Strudel der Stille sie schon wieder fortgezogen. Die achtlos preisgegebene Botschaft vieler Sommer – zum ersten Mal stand sein Ohr ihr offen, und da brach sie ab. Der fast verwischte Pfad wird breiter; Spuren führen auf einen Meiler. Dahinter duckt im Dunst sich das Gebirge, nach dem die Blicke des Steigenden Ausschau hielten.

Auf seiner Wange wird etwas Kaltes spürbar. Er hält es für eine Fliege und schlägt danach. Aber es ist nur der erste Schweißtropfen. Bald kommt der Durst. Er kommt nicht aus dem Gaumen, sondern aus dem Bauch. Von dort verbreitet er sich überall, den Leib, so groß er ist, in dem Vermögen unterweisend, den kümmerlichsten Hauch aus allen Poren einzusaugen und zu trinken. Das Hemd ist längst von seiner Schulter abgeglitten, und wenn er, um sie vor dem Sonnenbrand zu schützen, es an sich zieht, ist ihm, als ob er einen nassen Umhang handhabt. In eine Senkung werfen Mandelbäume ihren Schatten dem Stamm zu Füßen. Mandeln sind der Reichtum des Landes. Keine Frucht erhält der Bauer besser bezahlt. Um diese Zeit ist es die einzig reife und angenehm im Schreiten, nach den Zweigen auszugreifen. Die Hand trennt sich nur schwer auch von entkernten Schalen. Sie führt sie eine Zeitlang mit, lässt sie in einer Strömung treiben, die sie selbst dahinreißt. Reif sind die Kerne, doch nicht ganz; der Saft in ihnen ist frischer als nachher, wenn ihre Haut braun und nicht mehr zu lockern ist. Jetzt hat sie noch die Farbe des Elfenbeins, wie die Ziegenkäse und Frauenmieder. Elfenbeinern ist ihr Geschmack. Wer sie zwischen den Zähnen hat, hört ungerührt im Laub der Feigenbäume Quellen rauschen. Die Feigen aber stecken, grün und hart, kaum sichtbar, in den Blattachseln. Der Augenblick ist gekommen, da nur die Bäume zu leben scheinen. In den Pinien klirren Zikaden; ihr Lärm klingt aus den staubigen Feldern wider. Die liegen nun abgeerntet mit dem plumpen Ausdruck derer, die alles weggegeben haben. Ihre letzte Habe, der Schatten, schrumpft, eingesammelt, am Fuße der hohen Mieten. Denn es ist die Stunde der Sammlung.

Die Wälder selber liegen um die Kuppen, als hätte

die Harke des Sommers sie eingebracht. Nur Weiden stehen vereinzelt in den Stoppeln, und ihr Laub glänzt schwarz und weißlich wie Tulasilber. Keins ist bewimpelter und dennoch spröder, reicher an Winken, die kaum mehr vernommen werden. Dennoch trifft ihrer einer den Vorübergehenden. Der Tag, da er mit einem Baum gefühlt hat, kommt ihm in den Sinn. Damals bedurfte es nur derer, die er liebte – sie stand, um ihn recht unbekümmert, auf dem Rasen – und seiner Trauer oder seiner Müdigkeit. Da lehnte er den Rücken gegen einen Stamm, und nun nahm der sein Fühlen in die Lehre. Er lernte mit ihm, wenn er zu schwanken anfing, Luft zu schöpfen und auszuatmen, wenn der Stamm zurückschwang. Freilich war das nur der gepflegte von einem Zierbaum und unausdenkbar das Leben dessen, der von diesem rissigen lernen könnte, der, weitgespalten, dreifach überm Boden auslädt und eine unerforschte Welt begründet, die in drei Himmelsrichtungen sich aufteilt. Kein Pfad erschließt sie. Doch während er unschlüssig einem folgt, der jeden Augenblick ihn zu verraten droht, bald Miene macht, als Feldweg auszulaufen, bald vor einem Dornverhau abzubrechen, hat er als Mann sich wieder in der Hand, wenn sich die Quadern zu Terrassen stufen und Wagenspuren, darin eingedrückt, auf eine Hofstatt in der Nähe deuten.

Kein Laut macht die Nachbarschaft solcher Siedlungen kenntlich. In ihrem Umkreis scheint die Mittagsstille verdoppelt. Aber nun lichten sich die Felder, treten, um einer zweiten, einer dritten Bahn die Gegend freizugeben, auseinander, und während längst die Mauern und die Tennen sich hinter Kuppen Landes oder Laubes verborgen haben, eröffnet in der Verlassenheit der Äcker sich der Kreuzweg, welcher die Mitte stiftet. Nicht Chausseen und Poststraßen sind es, die sie heraufführen, aber auch nicht Schneisen und Wildpfade, sondern da ist ihr Ort, wo im offnen Land sich die Wege begegnen, auf denen seit Jahrhunderten Bauern und ihre Frauen, Kinder und Herden von Feld zu Feld, von Haus zu Haus, von Weideplatz zu Weideplatz sind unterwegs gewesen und selten so, dass sie am gleichen Tag nicht wieder unter ihrem Dach geschlafen hatten. Der Boden hier klingt hohl, der Laut, mit welchem er dem Tritt erwidert, tut dem wohl, der unterwegs ist. Mit diesem Klange legt ihm die Einsamkeit das Land zu Füßen. Wenn er an Stellen, die ihm gut sind, kommt, weiß er, sie ist es, welche sie ihm angewiesen hat; sie hat ihm diesen Stein zum Sitz, diese Mulde zum Nest für seine Glieder angewiesen. Aber er ist schon zu müde, um innezuhalten, und während er die Gewalt über seine Füße verliert, die ihn viel zu schnell tragen, gewahrt er, wie sich seine Phantasie von ihm gelöst hat und, gegen jenen breiten Hang gelehnt, der in der Ferne seinen Weg begleitet, nach eignem Sinn auf ihm zu schalten anfängt. Verrückt sie Felsen und Kuppen? Oder berührt sie sie nur wie mit einem Anhauch? Lässt sie keinen Stein auf dem andern oder alles beim Alten?

Es gibt bei den Chassidim einen Spruch von der kommenden Welt, der besagt: Es wird dort alles eingerichtet sein wie bei uns. Wie unsre Stube jetzt ist, so wird sie auch in der kommenden Welt sein; wo unser Kind jetzt schläft, da wird es auch in der kommenden Welt schlafen. Was wir in dieser Welt am Leibe tragen, das werden wir auch in der kommenden Welt anhaben. Alles wird sein wie hier – nur ein klein wenig anders. So hält es die Phantasie. Es ist nur ein Schleier, den sie über die Ferne zieht. Alles mag da stehen wie es stand, aber der Schleier wallt, und unmerklich verschiebt sich's darunter.

Es ist ein Wechseln und Vertauschen; nichts bleibt und nichts verschwindet. Aus diesem Weben aber lösen mit einmal sich Namen, wortlos treten sie in den Schreitenden ein, und während seine Lippen sie formen, erkennt er sie. Sie tauchen auf, und was bedarf es länger dieser Landschaft? Auf jeder namenlosen Ferne drüben ziehen sie vorüber, ohne eine Spur zu hinterlassen. Namen der Inseln, die dem ersten Anblick wie Marmorgruppen aus dem Meer sich hoben, der Schroffen, die den Horizont schartig machten, der Sterne, die im Boot ihn überraschten, wenn sie im frühen Dunkel auf Posten treten. Das Schwirren der Zikaden ist verstummt, der Durst vergangen, der Tag verprasst. Von unten aus der Tiefe schlägt es an. Ein Hundebellen, ein Steinfall oder ein ferner Zuruf? Während der Lauschende es noch zu sondern trachtet, sammelt sich Ton für Ton in seinem Innern die Glockentraube. Nun reift und schwillt sie in seinem Blut. Lilien blühen im Winkel der Kaktushecke. In der Ferne zieht auf den Feldern zwischen Oliven- und Mandelbäumen ein Wagen vorüber, aber geräuschlos, und wenn die Räder hinterm Laub verschwinden, so scheinen überlebensgroße Frauen, mit dem Gesicht ihm zugewandt, reglos durch das reglose Land zu wallen.

Zsuzsa Bánk

Heißester Sommer

Lisa und ich und die anderen, wir haben die Autobahn verlassen, länger schon, sind über Landstraßen gefahren, irgendwo hinter Udine, unweit von gleich zwei Ländergrenzen, haben immer wieder nach dem Weg gefragt, mit den wenigen Worten Italienisch, die wir kennen, und alle haben die Köpfe geschüttelt, mit den Schultern gezuckt, sich umgedreht, nach jemandem gerufen, und dann standen zwei, drei zusammen, stritten miteinander und erklärten uns schließlich, wie wir zu fahren haben. Nun glauben wir endlich, richtig zu sein. Das kleine Schild an der Abzweigung trägt den Namen, nach dem wir gesucht haben, seit heute Vormittag, vielleicht seit gestern schon, Lisa hat sicher seit Wochen schon danach gesucht, in Gedanken wenigstens, und in den letzten Tagen immer wieder auf ihren Zettel geschaut, der abgerissen worden sein muss, von einem Bogen Papier, ein Zettel mit einer Anschrift, mit Bleistift geschrieben, in Buchstaben, als habe sich ein Kind an seinen ersten Sätzen versucht.

Wir fahren über Schotterpiste, über einen schmalen Weg. Meine Mutter jammert, was, wenn uns jemand entgegenkommt. Aber da ist niemand, nicht in einem Auto, nicht auf einem Mofa, nicht einmal zu Fuß. Wir fahren hoch und höher, vorbei an Holzkreuzen, an Bergziegen, an Bäumen, die jetzt weniger dicht stehen, kleiner sind und nicht mehr sattgrün, unter einem Himmel, der plötzlich ins Weiße kippt. Da ist schon lange keine Ebene mehr, auf die wir hinabblicken könnten. Der Laubwald hat sie verschluckt, kurz nachdem wir abgebogen sind, die Ebene mit ihren Häusern und Mauern, ihrem Gelb und Rot. Mein Bruder wischt sich den Schweiß von der Stirn, er bremst und hupt vor jeder kleinen, steilen Kurve, die Räder geben nach, der Wagen rutscht, wirbelt Staub auf, wir kurbeln die Fenster hoch, trotz der Hitze, und Lisa und ich, auf den Rücksitzen, wir drehen uns um, nach jeder Kurve, die uns höher führt, blicken durchs Fenster, auf dem feiner Staub liegt, und ich schaue zu Lisa, wünschte mir einen Blick von ihr, aber sie sieht mich nicht mehr an. Seit wir abgebogen sind, unten im Tal, hat sie mich nicht mehr angesehen. Sie hält den Zettel mit der Anschrift in den Händen, als müsse sie sich daran festhalten, als könnten wir uns jetzt noch verfahren, als könnte sich der Weg jetzt noch einmal teilen und uns wegführen, in eine andere, in eine falsche Richtung.

Die Piste endet zwischen zwei kleinen Häusern, auf einem Hof, der still und schattenlos in der Mittagssonne liegt. Hühner, Hasen, zwei Ziegen, ein Hund, der aufspringt und zum Wagen läuft, ohne zu bellen. Jemand tritt aus der Tür, in blauen Hosen, kariertem Hemd, mit einer Mütze, die er beim ersten Schritt schon abnimmt und unter die Achsel klemmt, kommt auf uns zu, reicht jedem von uns die Hand und lächelt ein Lächeln, das sich seit der Kindheit wenig verändert haben kann, mit einem schiefen Mund, der kleine Zähne zeigt. Luca, der sich nicht hätte vorstellen müssen, weil wir wissen, er ist der einzige, der noch auf diesem Hof lebt, Lisas Vetter oder Onkel, wir wissen es nicht, wir fragen auch nicht danach, es bleibt unwichtig, jetzt, in diesem Augenblick. Wir werden es später herausfinden, später, wenn wir zurückgekehrt sind an unsere Orte, an die Orte, an denen wir leben, ohne Schotterpiste, ohne Steinhaus, ohne Ziegen. Wir versuchen ein paar Worte, ein paar Sätze, es gelingt uns. Der Hund schmiegt sich an Lisas nackte Beine, die von der Sommersonne dunkelbraun sind. Er leckt über ihre Füße, die in hellblauen Sandalen stecken.

Luca führt uns ins Haus, in das kleinere von beiden, dessen Dach schief liegt, vielleicht, weil es zu viele Winter und zu viele Sommer, hier, in den Bergen, hat durchstehen müssen. Er nimmt Gläser von einem Tablett, stellt sie auf den Holztisch, der so aussieht, dass man ihn bei uns, an unseren Orten, sofort verkaufen könnte, für einen Preis, über den Luca sicher staunen und lachen müsste, gießt roten Wein ein, und Wasser. Lisa schaut sich um, wie jemand, der das Recht hat, sich so umzusehen, der sogar das Recht hat, Schubladen zu öffnen, Schranktüren, Schachteln mit Zetteln, mit Briefen. Alles schaut sie sich lange an, die schwere Tür, die von der Küche ins Zimmer führt, die dunklen Schränke mit dem wenigen Geschirr, dem kleinen Stapel weißer Wäsche, den Korb vor dem Ofen, mit Holzscheiten darin, altem Papier, und die Balken über uns, hinter denen ein kleines spitzes Dach die Sonne abwehrt, und nur durch zwei, drei Spalte gerade so viel Licht zulässt, dass wir ahnen, mit welcher Kraft sie draußen die Dinge versengt.

Ringsum scheint das Holz zu reden. Ein Knistern, ein Knarren kommt von den Böden und Balken. Wir stehen und halten uns an unseren Gläsern fest, an dem bisschen Wein darin. Wir kennen Luca nicht, haben ihn nie gesehen, nie hat er für uns, unser Leben eine Rolle gespielt, er tauchte nicht einmal in den Geschichten auf, die Lisas Mutter hätte erzählen können, fern dieses Dorfes, das nicht einmal ein Dorf ist, nur ein Ort in den Bergen, mit einem Hof, auf dem zwei kleine Häuser stehen, die Lisas Mutter verlassen hat, vor so vielen Jahren, dass sie gar nicht mehr weiß, vor wie vielen.

Wir dürfen uns umsehen. Luca erlaubt es uns, indem er die Hände hebt, uns die Handflächen zeigt und einen Schritt zurückgeht, als wolle er Platz machen. Hier hat Lisas Großmutter gelebt, der Lisa nie begegnet ist, die sie kaum von Bildern kennt, weil es kaum Bilder gibt, aus dieser Zeit, in der Lisas Mutter hier aufwuchs, durch die nahen Wälder streifte, mit den Hühnern über den Hof lief, die Hasen beweinte, denen sie das Fell abzogen, und manchmal Steine in eine Baumkrone warf, weil sie das Geräusch mochte, das dann von den Blättern kam, dieses schnelle, kurze Rascheln. Bis vor wenigen Wochen noch lebte Lisas Großmutter hier, jetzt liegt sie auf dem Dorffriedhof, zwei Täler weiter, unter einem Holzkreuz und wenigen Blumen, die Luca gebracht hat, Luca, der alle drei, vier Tage mit dem roten Lieferwagen hinabfährt, dabei vor jeder Kurve hupt, den Staub der Straße aufwirbelt, und der uns sagt, nächstes Jahr wird dort ein Stein stehen, darauf ein Foto von ihr, ein Schwarzweißfoto.

Lisa nimmt einen Schluck Wasser. Ihr Blick hat sich verändert, etwas hat sich vor das Blau ihrer Augen gelegt, wie eine Scheibe aus Milchglas. Sie wendet sich ab, legt eine Hand auf die Anrichte, als müsste sie sich abstützen, wenigstens für einen Augenblick, als wollte sie nicht, dass wir ihr Gesicht so sehen, und diesen Filter, der sich davorgelegt hat. Luca öffnet die Zimmertür, ohne dass sie danach gefragt hätte, und ein Geruch schlägt uns entgegen, eine Mischung aus Staub in alten Stoffen, dazwischen etwas Scharfes, fast Beißendes. Lisa zieht die Vorhänge beiseite, wie jemand, der das darf, wie jemand, der sich auskennt, weil er hier jeden Morgen die Vorhänge zur Seite zieht, um zu sehen, wie die Sonne steht, wie der Himmel leuchtet. Es gibt wenig, an dem sich ihr Blick festhalten könnte, ein Bett mit einer weißen, gehäkelten Tagesdecke, die an zwei, drei Stellen schon ausgebessert wurde und an den Seiten zwischen Bett und Matratze geklemmt ist, zwei Zierkissen darauf, in dunklem Rot, ein Kleiderschrank, den Lisa jetzt öffnet. Sie fährt mit den Fingern über Wäsche, befühlt Stoffe, hebt dann eine Hand. Es sieht aus, als wolle sie uns ein Zeichen geben, als wolle sie uns sagen, lasst mich, geht. Sie beugt sich vor, um ihr Gesicht zwischen dunklen Mänteln zu vergraben. Wir sehen nur noch ihr Haar, ihr langes, hellbraunes Haar, das zu beiden

Seiten, zwischen den Schranktüren, auf dunklen Stoffen liegt.

Mein Bruder versucht zu reden, mit dem bisschen Italienisch, das er kann, das er gelernt hat, abends, an einer Schule, oder in einem Heft, auf dem steht, Italienisch für Anfänger. Er versucht zu reden mit Luca, vielleicht, um Lisa die Zeit zu lassen, die sie braucht, um in einem Stoff, in einem Geruch zu versinken, vielleicht auch nur, um die Stille aufzulösen, diese seltsame Stille, die sich auf uns gelegt hat und selbst die Worte schluckt, die jetzt noch gesprochen werden, eine Stille, die entstanden ist, da wir alle auf Lisas Haar geschaut haben, auf nichts anderes mehr als auf ihr Haar.

Lisa ist die wenigen Schritte zur Kommode gegangen, ein bisschen, als würde sie taumeln, sie hält ein Foto in den Händen, ein Schwarzweißbild in einem Holzrahmen, das beim Fotografen aufgenommen wurde und ihre Großmutter zeigt, vielleicht so, wie sie war, vor zehn, zwanzig Jahren, mit kurzem schwarzen Haar, das an der Seite gescheitelt und in Wellen gelegt ist, mit kleinen Ohrringen, die an den Läppchen ziehen, einer passenden Kette und dem Kragen einer Bluse, mit einem Muster aus winzigen Blättern und Zweigen, eine Bluse, die im Schrank hängt und die Lisa befühlt hat, bevor sie, etwas taumelnd, zur Kommode gegangen ist.

Sie steht da, und irgendetwas an ihr sieht in diesem Augenblick kleiner, jünger aus. Ich bin sicher, die anderen sehen es auch. Mein Bruder, meine Mutter haben aufgehört zu reden, Lisa hält das Bild fest, mit beiden Händen, sie fragt, ob sie das Foto mitnehmen dürfe, wir müssen nicht übersetzen. Luca nickt und sagt, natürlich, in seiner Sprache, und dann fängt Lisa an zu weinen, Lisa, die man nie weinen sieht, lautlos, mit zuckenden Schultern, so, als könnte sie vor uns verbergen, dass sie weinen muss, um eine Großmutter, die sie sich immer nur zusammengefügt hat, nur in Gedanken, nur in ihrer Vorstellung, aus den wenigen Worten, die Lisas Mutter über sie verloren hat, die Lisa nie gesehen hat, weil sie anderswo, weit weg, auf einem anderen Kontinent lebte, hier, mit Ziegen und Hühnern und Hasen, mit einem Bett, das sie mit niemandem geteilt hat, und einem Ofen, in den man Holz legen muss, damit er wärmt, mit einer Sprache, in der Lisa nicht mehr als Guten Tag und Danke sagen kann, und das auch nur, weil wir ihr gesagt haben, wie.

Lisas Mutter hat diesen Ort verlassen, als sie alt genug war, und sie hat ihn schnell verlassen, ohne zu zögern, ohne sich umzudrehen, so schnell, dass es den anderen schien, als habe sie nur auf diesen Tag gewartet, sich immer schon ausgemalt, wie sie an diesem Tag, mitten im heißesten Sommer, ihren Koffer nehmen, ihr Tuch umbinden, ihre Schuhe anziehen, und dann, nach einem letzten Blick in den Spiegel, was sie sagen würde, zu ihrer Mutter, und den anderen, auch zu Luca, der damals jünger war als Lisa und ich es jetzt sind, und dass er nur noch habe kommen müssen, dieser Tag, damit sie endlich all das tun und sagen konnte, was sie sich gewünscht hatte, auf ihren Wegen durch die Wälder, wenn sie versucht hatte, sich von dem zu entfernen, was sie umgab. Gelaufen war sie damals, ins Tal, trotz des Staubs, der ihre Schuhe bedeckte, bis zur größeren Straße, an der sie den Bus in die Stadt nahm, um von dort weiterzufahren, quer durchs Land, zur anderen Seite, dorthin, wo die großen Schiffe ablegten, in ein stechend blaues Meer, das sie noch nie gesehen hatte, und sie wusste, welches Schiff es sein und wo es sie hinbringen würde, auch das hatte sie sich genau ausgemalt.

Lisas Mutter hat uns nie davon erzählt, aber Lisa sagt, sie habe den erstbesten Mann genommen, der sie auf diesem Schiff ansprach, mit Blick auf das dann tiefgrüne Wasser, auf den weißen Schaum der Wellen, und einen Himmel, der für Lisas Mutter zum ersten Mal weit und endlos gewesen sein muss, nicht mehr zerschnitten und versteckt von Wäldern. Dieser Mann ist Lisas Vater geworden, und Lisa hat es immer so gesagt, als habe ihre Mutter froh sein müssen, überhaupt von jemandem bemerkt, überhaupt von jemandem angesprochen zu werden, Lisas Mutter, die in den Sommern, die wir zusammen verbrachten, in den Eisdielen auf Italienisch bestellte, mit leiser, kaum hörbarer Stimme, weil sie Angst hatte, jemand könne hören, dass sie nicht wirklich Italienisch sprach, sondern etwas anderes, etwas, das man hier oben, nur hier oben, in diesen Bergen spricht und das sie sofort verraten hätte. Lisas Mutter, die sich später die Haare blondierte, die Wimpern färbte, nur noch Kleider kaufte, die sie nass aufhängen und nicht bügeln musste, in einem Haus lebte mit großen Fenstern, ohne Treppen, in dem das einzige Tier eine schneeweiße Katze war, die sie nicht hinausließ. Lisas Mutter, die einen zu großen, zu grünen Wagen fuhr, den sie nicht einparken konnte, und nur noch zwei Mal, für wenige Tage, in ihr Dorf, zu ihrem Hof zurückkehrte, wo die anderen sich wunderten, über ihr Haar und ihre Wimpern, vielleicht auch darüber, dass sie wirklich gegangen war und dann in ihrem alten Bett schlief wie eine Fremde.

Lisa schaut aus dem Fenster, einem winzigen Fenster, eingerahmt von dunklem Holz. Sie sieht auf den Boden draußen, auf den Hühner und Ziegen ihre Spuren gesetzt haben, auf Kästen mit Kaninchen, sie hält das Foto in den Händen, wie etwas, das sie lange gesucht und endlich gefunden hat, dreht sich zu uns und schaut mich an, als wollte sie sagen, gut, ich bin fertig, wir können gehen. Luca nimmt aus dem Schrank ein weißes Tuch, in das Lisa das Bild einwickelt, wie ein Geschenk, mit dem sie vorsichtig sein will. Er bleibt stehen vor den geöffneten Türen, als hoffe er, Lisa würde noch etwas haben wollen, von dieser Wäsche, von diesen Kleidern. Lisa bleibt im Türrahmen stehen, in diesem kleinen Türrahmen, den sie fast ausfüllt. Sie legt die Hände rechts und links auf den Rahmen, als könne sie so noch etwas mitnehmen, und wenn es nur ein Gefühl an den Händen wäre. Wir verabschieden uns zögernd und ungeschickt. Genauso ungeschickt, wie wir uns umgeschaut haben, im Haus und auf dem Hof, obwohl Luca uns alles erlaubt hat, in diesen wenigen Stunden, in denen wir seinen Wein getrunken und versucht haben, ein bisschen zu reden, ein bisschen vorzugeben, uns verbinde mehr, viel mehr als nur ein Nachmittag. Wir wissen, wir werden Luca nicht mehr sehen, und ich glaube, er weiß es auch, er hat die gleichen Gedanken, jetzt, da wir am Wagen stehen, Lisa noch nicht bereit ist einzusteigen, auf ihre hellblauen Sandalen starrt, den rechten Fuß vor- und zurückzieht und eine Furche in den Boden gräbt.

Sie redet nicht, als wir ins Tal hinabfahren. Sie sitzt auf dem Rücksitz, hat die Knie angezogen, die Arme davor verschränkt. Wir hören auf das Knistern unter den Reifen, das Knacken der Steinchen, die wegspringen und ab und an gegen die Windschutzscheibe schlagen. Mein Bruder lässt das Bremsen und Hupen, vor jeder Kurve. Wir haben keine Angst mehr, dass uns jemand entgegenkommt.

Bernhard Schlink

Der letzte Sommer

I

Er erinnerte sich an sein erstes Semester als Professor in New York. Wie hatte er sich gefreut: als die Einladung kam, als er das Visum im Pass hatte, als er in Frankfurt ins Flugzeug stieg und in JFK mit dem Gepäck in die Wärme des Abends trat und eine Taxe in die Stadt nahm. Auch den Flug hatte er genossen, obwohl die Reihen eng und die Sitze schmal waren; als sie über den Atlantik flogen, sah er in der Ferne ein anderes Flugzeug, und ihm war, als sitze er auf dem Deck eines Schiffs, dem auf dem weiten Meer ein anderes Schiff begegnet.

Er war schon oft in New York gewesen, als Tourist, zu Besuch bei Freunden, als Gast auf Konferenzen. Jetzt lebte er im Rhythmus der Stadt. Er gehörte dazu. Er hatte eine eigene Wohnung, wie alle; sie war zentral gelegen und nicht weit vom Park und vom Fluss. Wie alle nahm er morgens die U-Bahn, zog die Fahrkarte durch den Schlitz, ging durchs Drehkreuz und über die Treppe auf den Bahnsteig, drängte sich in einen Wagen, konnte sich nicht rühren und die Zeitung nicht umblättern und drängte sich nach zwanzig Minuten aus dem Wagen. Am Abend fand er in der U-Bahn einen Sitzplatz, las die Zeitung zu Ende und erledigte in der Nachbarschaft seiner Wohnung Besorgungen. Er konnte zu Fuß ins Kino und in die Oper gehen.

Dass er in der Universität nicht ganz dazugehörte, störte ihn nicht. Die Kollegen hatten mit ihm nicht zu besprechen, was sie untereinander zu besprechen hatten, und die Studenten nahmen ihn, dem sie nur ein Semester lang begegneten, nicht so ernst wie die Professoren, mit denen sie Jahr um Jahr zu tun hatten. Aber die Kollegen waren freundlich und die Studenten aufmerksam, sein Unterricht war ein Erfolg, und aus dem Fenster seines Büros hatte er den Blick auf eine gotische Kirche aus rotem Sandstein.

Ja, er hatte sich gefreut, schon vor dem Aufbruch und auch noch nach der Rückkehr. Aber eigentlich war er dort unglücklich. Sein erstes Semester in New York war das erste Semester, in dem er an seiner deutschen Universität nicht unterrichten musste – er hätte gerne diese Freiheit genossen, statt wieder zu unterrichten. Seine Wohnung in New York war düster, und im Hof lärmte die Klimaanlage so laut, dass er sich Stöpsel in die Ohren stecken musste, um schlafen zu können. An vielen Abenden, an denen er alleine in billigen Restaurants aß oder schlechte Filme sah, fühlte er sich einsam. In seinem Büro blies die Klimaanlage trockene Luft in sein Gesicht, bis seine Nebenhöhlen eiterten und er sich operieren lassen musste. Die Operation war furchtbar, und als er aus der Narkose aufwachte, fand er sich nicht in einem Krankenbett, sondern auf einem Liegestuhl in einem Raum mit anderen Patienten in Liegestühlen und wurde wenig später mit schmerzendem Kopf und blutender Nase nach Hause entlassen.

Er hatte sich das Unglück nicht eingestanden. Er wollte glücklich sein. Er wollte glücklich sein, weil er es aus der kleinen deutschen Universitätsstadt ins große New York geschafft hatte und dort dazugehörte. Er wollte glücklich sein, weil er sich dieses Glück so sehr gewünscht hatte und es jetzt da war – oder doch alles, was er sich als dessen Zutaten immer vorgestellt hatte. Manchmal ließ sich leise eine innere Stimme vernehmen, die Zweifel am Glück anmeldete. Aber er brachte sie zum Verstummen. Schon als Kind, Schüler und Student litt er, wenn er zu einer Reise aufbrach und seine Welt und seine Freunde verlassen musste. Was hätte er versäumt, wenn er damals immer zu Hause geblieben wäre! Also sagte er sich in New York, es sei eben sein Schicksal, Zweifel überwinden zu müssen, um das Glück da zu finden, wo es zunächst nicht zu sein schien.

2

Auch in diesem Sommer kam wieder eine Einladung nach New York. Er nahm den Umschlag aus dem Briefkasten und öffnete ihn auf dem Weg zu der Bank, auf der er morgens seine Post las. Die New Yorker Universität, der er jetzt seit fünfundzwanzig Jahren verbunden war, lud ihn zur Veranstaltung eines Seminars im nächsten Frühling ein.

Die Bank stand am See, auf dem Teil des Grundstücks, der durch eine kleine Straße vom Rest des Grundstücks und dem Haus getrennt war. Als sie das Haus gekauft hatten, hatten seine Frau und die Kinder die Straße als störend empfunden. Sie hatten sich daran gewöhnt. Er hatte von Anfang an gemocht, dass da ein eigenes kleines Reich war, zu dem er eine Tür auf- und zumachen konnte. Als er erbte, ließ er das alte Bootshaus herrichten und den Dachstuhl ausbauen. In vielen Sommern hatte er dort gearbeitet. Aber in diesem Sommer saß er lieber auf der Bank. Sie war sein Versteck, vom Bootshaus und -steg, wo sich die Enkel gerne tummelten, nicht zu sehen. Wenn sie weit hinausschwammen, sahen sie ihn und sah er sie, und sie winkten einander.

Er würde im nächsten Frühling nicht in New York lehren. Er würde nie mehr in New York lehren. Sein Leben in New York, über die Jahre ein so selbstverständlicher Bestandteil seines Lebens geworden, dass er sich schon lange nicht mehr fragte, ob er dort glücklich oder unglücklich sei, war vorbei. Weil es vorbei war, gingen seine Gedanken zum ersten Semester dort zurück.

Sich einzugestehen, dass er damals in New York unglücklich war, wäre nicht schlimm, wenn es nicht zum nächsten Eingeständnis führte. Als er aus New York zurückkam, lernte er bei einem Unfall eine Frau kennen; sie stießen mit den Fahrrädern zusammen, als sie beide fuhren, wie sie nicht hätten fahren dürfen – er fand es eine hübsche Art, einander kennenzulernen. Zwei Jahre lang trafen sie sich, gingen in die Oper und ins Theater und zum Essen, ein paar Mal verreisten sie für ein paar Tage, und immer wieder verbrachte sie die Nacht bei ihm oder er bei ihr. Er fand sie hinreichend schön und hinreichend klug, fasste sie gerne an und ließ sich gerne von ihr anfassen und dachte, er sei endlich angekommen. Aber als sie wegen ihres Berufs wegzog, wurde die Beziehung rasch mühsam und erlosch. Erst jetzt gestand er sich ein, dass er erleichtert war. Dass er schon die beiden Jahre mühsam gefunden hatte. Dass er oft glücklicher gewesen wäre, wenn er zu Hause geblieben und gelesen und Musik gehört hätte, statt sie zu treffen. Er hatte sie getroffen, weil er wieder dachte, alle Zutaten des Glücks seien da und er müsse glücklich sein.

Wie war das mit den anderen Frauen in seinem Leben? Mit seiner ersten Liebe? Er war glücklich, als Barbara, das schönste Mädchen in der Klasse, mit ihm ins Kino ging, sich von ihm auf ein Eis einladen, nach Hause bringen und unter der Tür küssen ließ. Er war fünfzehn, es war sein erster Kuss. Ein paar Jahre später nahm Helena ihn mit ins Bett, und es klappte schon beim ersten Mal, er kam nicht zu früh, und sie kam auch, und bis zum Morgen gab er ihr, was ein Mann einer Frau geben kann, er, der Neunzehnjährige, der Zweiunddreißigjährigen. Sie blieben zusammen, bis sie mit fünfunddreißig einen Rechtsanwalt in London heiratete, mit dem sie, wie er schließlich erfuhr, seit Jahren verlobt war. Er machte damals Examen, ein besseres Examen, als er erwartet hatte, wurde Assistent, schrieb Aufsätze und Bücher und wurde Professor. Er war glücklich – oder wollte er wieder nur glücklich sein? Dachte er wieder, er müsse glücklich sein, weil alles stimmte? War das Glück, das er empfand, wieder nur das Zutaten-Glück? Er hatte sich manchmal gefragt, ob das Leben nicht anderswo sei, und die Frage verdrängt. Wie er verdrängt hatte, dass es Eitelkeit war, was ihn Barbara umwerben und Helena bedienen ließ, und dass er den Einsatz im Dienst der Eitelkeit oft anstrengend fand.

Er scheute sich, über sein Glück in der Ehe und mit der Familie nachzudenken.

Er wollte sich über den blauen Himmel und den blauen See und das Grün der Wiesen und des Walds freuen. Er liebte die Landschaft nicht wegen der Alpen in der Ferne, sondern wegen des sanften Schwungs, mit dem die nahen Berge sich hoben und der See sich zwischen sie bettete. Draußen saßen ein Mädchen und ein Junge im Boot; er ruderte, und sie ließ die Beine ins Wasser hängen. Die Tropfen, die vom Ruderblatt fielen, glitzerten in der Sonne, und die leichten Wellen, die das Boot und die Füße des Mädchens zogen, liefen weit über die glatte Oberfläche. Die beiden Kinder, es mussten Meike, die älteste Tochter seines Sohns, und David, der älteste Sohn seiner Tochter, sein, redeten nicht. Seit das Postauto vorbeigekommen war, hatte nichts mehr die Stille des Morgens gestört. Seine Frau bereitete im Haus das Frühstück vor; bald würde ein Enkelkind kommen und ihn holen.

Dann dachte er, dass er die Einsicht, wie trügerisch sein Glück gewesen war, nicht negativ, sondern positiv nehmen sollte. Was konnte es für einen, der aus dem Leben gehen will, Besseres geben als diese Einsicht? Er wollte gehen, weil die letzten Monate, die ihm bevorstanden, entsetzlich würden. Nicht dass er keine Schmerzen ertragen konnte. Erst wenn die Schmerzen unerträglich würden, würde er gehen.

Aber ihm gelang nicht, die Einsicht positiv zu nehmen. Die Idee des gemeinsamen Sommers, seines letzten Sommers, war die Idee eines letzten gemeinsamen Glücks. Es hatte nicht viel Überredung gebraucht, dass seine beiden Kinder mit ihren Familien für vier Wochen ins Haus an den See kamen, aber doch ein bisschen. Er hatte auch seine Frau ein bisschen überreden müssen; sie wäre lieber mit ihm nach Norwegen gefahren, von wo ihre Großmutter stammte und wo sie noch nie gewesen waren. Jetzt hatte er seine Familie beisammen, und auch sein alter Freund würde für ein paar Tage zu Besuch kommen. Er hatte gedacht, er hätte das letzte gemeinsame Glück gut vorbereitet. Jetzt fragte er sich, ob er wieder nur die Zutaten für ein Zutaten-Glück versammelt hatte.

3

»Großvater!« Er hörte eine Kinderstimme und schnelle Kinderfüße, die über die Straße und die

Wiese zum See liefen. Es war Matthias, der jüngste Sohn seiner Tochter, der jüngste seiner fünf Enkel, ein stämmiger Fünfjähriger mit blondem Schopf und blauen Augen. »Das Frühstück ist fertig.« Als Matthias das Boot mit seinem Bruder und seiner Cousine sah, rief er sie wieder und wieder und hüpfte auf dem Steg hin und her, bis sie anlegten. »Machen wir ein Wettrennen?« Die Kinder rannten los, und er folgte ihnen langsam. Vor einem Jahr hätte er noch mitgemacht, vor ein paar Jahren noch gewonnen. Aber sie vor sich den Hang hinaufrennen und dann die großen Kinder zurückfallen sehen, weil sie das kleine gewinnen lassen wollten, war schöner als mitmachen. Ja, so hatte er sich den letzten gemeinsamen Sommer vorgestellt.

Er hatte sich auch vorgestellt, wie er gehen würde. Ein befreundeter Arzt und Kollege hatte ihm den Cocktail besorgt, den die Organisationen der Sterbehilfe ihren Mitgliedern geben. Cocktail – ihm gefiel die Bezeichnung. Er hatte nie Lust auf Cocktails gehabt und nie einen versucht; sein erster würde auch sein letzter sein. Ihm gefiel auch die Bezeichnung »Sterbeengel« für das Mitglied der Organisation, das dem sterbebereiten Mitglied den Cocktail bringt; er würde sein eigener Sterbeengel sein. Ohne jedes Aufheben würde er, wenn es so weit war, beim abendlichen Zusammensein im Wohnzimmer aufstehen, rausgehen, den Cocktail trinken, die Flasche auswaschen und wegräumen und sich im Wohnzimmer wieder dazusetzen. Er würde zuhören, einschlafen und sterben, man würde ihn schlafen lassen und am nächsten Morgen tot finden, und der Arzt würde Herzversagen feststellen. Ein schmerzloser und friedlicher Tod für ihn, ein schmerzloser und friedlicher Abschied für die anderen.

Noch war es nicht so weit. Im Esszimmer war gedeckt. Er hatte zu Beginn des Sommers den Tisch ausgezogen und sich vorgestellt, am Kopf würden er und seine Frau sitzen, neben ihm die Tochter mit Mann, neben seiner Frau der Sohn mit Frau und am Ende die fünf Enkel und Enkelinnen. Aber die anderen gewannen dieser Ordnung nichts ab und setzten sich, wie es sich gerade ergab. Heute war nur noch der Platz zwischen seiner Schwiegertochter und ihrem sechsjährigen Sohn frei, Ferdinand, der sichtbar schmollend von seiner Mutter weggerückt war. »Was ist los?« Aber Ferdinand schüttelte wortlos den Kopf.

Er liebte seine Kinder, Schwiegerkinder und Enkelkinder. Er hatte sie gerne um sich, ihre Geschäftigkeit, ihr Reden und Spielen, sogar ihr Lärmen und Streiten. Am liebsten saß er in der Ecke des Sofas und hing seinen Gedanken nach, unter ihnen und zugleich für sich. Er arbeitete auch gerne in Bibliotheken und Cafés; er konnte sich gut konzentrieren, wenn um ihn herum mit Papier geraschelt, geredet und gelaufen wurde. Manchmal spielte er mit, wenn die anderen Boccia spielten, gesellte sich mit der Flöte dazu, wenn sie musizierten, nahm mit einer Bemerkung an ihrem Gespräch teil. Sie reagierten überrascht, und er war selbst überrascht, wenn er sich mit ihnen beim Spiel, bei der Musik oder im Gespräch fand.

Er liebte auch seine Frau. »Natürlich liebe ich meine Frau«, hätte er gesagt, wenn jemand ihn gefragt hätte. Es war schön, wenn er in der Ecke des Sofas saß und sie sich zu ihm setzte. Noch schöner fand er, sie im Kreis der anderen zu sehen. Unter den Jungen wurde sie jung, als sei sie wieder die Studentin aus dem ersten Semester, die er kennenlernte, als er bereits Examen machte. Sie war ohne Raffinement und ohne Arg, sie hatte nichts von dem, was an Helena begehrenswert und abstoßend war. Ihm war damals, als reinige ihn die Liebe zu ihr von der Erfahrung des Benutzens und Benutzt-Werdens, die von der Beziehung mit Helena geblieben war. Sie heirateten, als auch sie die Ausbildung abgeschlossen hatte und Lehrerin wurde. Die beiden Kinder kamen schnell, und seine Frau ging bald mit halbem Deputat wieder in die Schule. Sie schaffte alles mit leichter Hand: die Kinder, die Schule, die

Wohnung in der Stadt und das Haus auf dem Land, gelegentlich ein Semester mit ihm und den Kindern in New York.

Nein, sagte er sich, er musste sich nicht scheuen, über das Glück seiner Ehe und seiner Familie nachzudenken. Es stimmte. Auch die ersten Tage des gemeinsamen Sommers hatten gestimmt; die Enkelkinder beschäftigten sich miteinander, die Kinder und Schwiegerkinder genossen die Zeit für sich, und seine Frau arbeitete glücklich im Garten. Der vierzehnjährige David war in die dreizehnjährige Meike verliebt – er sah es, die anderen schienen es nicht zu sehen. Das Wetter war schön, Tag um Tag, Kaiserwetter, sagte seine Frau lächelnd, und das Gewitter am zweiten Abend war ein Kaisergewitter; er saß auf der Veranda und war überwältigt vom Schwarz der Wolken, den Blitzen und dem Donner und schließlich dem befreienden Regenguss.

Selbst wenn er wieder nur die Zutaten für ein Zutaten-Glück versammelt hatte, selbst wenn das Glück dieses letzten gemeinsamen Sommers ein Unglück verbarg – was machte es? Er würde es nicht mehr erfahren.

4

Als Nacht war und sie im Bett lagen, fragte er seine Frau: »Warst du mit mir glücklich?«

»Ich bin froh, dass wir hier sind. Wir könnten in Norwegen nicht glücklicher sein.«

»Nein, ich meine, ob du mit mir glücklich warst.«

Sie richtete sich auf und sah ihn an. »Die ganzen Jahre, die wir verheiratet waren?«

»Ja.«

Sie legte sich wieder zurück. »Ich bin schlecht damit zurechtgekommen, dass du so viel weg warst. Dass ich oft alleine war. Dass ich die Kinder alleine aufziehen musste. Als Dagmar mit fünfzehn ausgerissen ist und ein halbes Jahr wegblieb, warst du zwar da, hast dich aber in deine Verzweiflung verkrochen und mich alleingelassen. Als Helmut... Aber was rede ich? Du weißt selbst, wann es mir besser und wann schlechter ging. Ich weiß es doch auch über dich. Als die Kinder klein waren und ich wieder in der Schule angefangen habe, bist du zu kurz gekommen. Du hättest gerne gehabt, wenn ich mehr Anteil an deinem Beruf genommen hätte. Wenn ich gelesen hätte, was du geschrieben hast. Du hättest auch gerne öfter mit mir geschlafen.« Sie drehte sich auf die Seite und kehrte ihm den Rücken. »Ich hätte gerne mehr mit dir gekuschelt.«

Nach einer Weile hörte er ihren ruhigen Atem. Hieß das, dass es mehr nicht zu sagen gab?

Ihm tat die linke Hüfte weh. Der Schmerz war nicht stark, aber gleichmäßig und beständig und fühlte sich an, als wolle er sich einnisten. Oder hatte er sich schon eingenistet? Taten sich seine linke Hüfte und sein linkes Bein nicht seit Tagen, nein, seit Wochen beim Treppensteigen schwer? War da nicht schon lange eine Schwäche, die er nur mit zusätzlicher Kraft und mit stechendem Schmerz überwand? Er hatte sich nicht darum gekümmert. Wenn er die Treppe geschafft hatte, war die Schwäche vorbei. Aber darum konnte der stechende Schmerz beim Treppensteigen doch der Bote des Schmerzes gewesen sein, den er jetzt spürte und der ihm Angst machte. Hatte das Skelettszintigramm nicht Herde in der linken Hüfte gezeigt?

Er erinnerte sich nicht mehr. Er wollte keiner der Kranken sein, die alles über ihre Krankheit wissen, die sich im Internet und mit Büchern und in Gesprächen schlaumachen und ihre Ärzte in Verlegenheit bringen. Linke Hüfte, rechte Hüfte – er hatte nicht aufgepasst, als der Arzt ihm erklärte, welche Knochen schon befallen waren. Er hatte sich gesagt, er werde es schon merken.

Auch er drehte sich auf die Seite. Tat die linke Hüfte noch weh? War es jetzt die rechte? Er hörte in sich hinein. Zugleich hörte er durch das offene Fenster den Wind in den Bäumen und das Bellen der Frösche am See. Er sah Sterne am Himmel und dachte, dass sie nicht golden sind und nicht prangen, sondern hart und kalt wie kleine, ferne Neonpunkte leuchten.

Doch, die linke Hüfte tat weiter weh. Aber auch die rechte. Wenn er in seine Beine fühlte, war der Schmerz da, und ebenso wenn er seinen Rücken hinauf und in den Nacken und in die Arme fühlte. Wo immer er hinfühlte, wartete der Schmerz auf ihn und sagte ihm, er wohne jetzt hier. Er sei jetzt hier zu Hause.

5

Er schlief schlecht und stand früh auf. Auf Zehenspitzen ging er zur Tür, öffnete sie behutsam und schloss sie behutsam. Die Böden, die Treppen, die Türen, alles knarrte. Er machte in der Küche Tee und nahm die Tasse mit auf die Veranda. Es wurde hell. Die Vögel lärmten.

Gelegentlich ging er seiner Frau beim Kochen oder Tischdecken oder Abwaschen zur Hand. Alleine hatte er noch keine Mahlzeit auf den Tisch gebracht. Früher fiel, wenn seine Frau verreisen musste, das Frühstück aus und ging er zum Mittag- und

Abendessen mit den Kindern ins Restaurant. Früher hatte er aber auch keine Zeit. Jetzt hatte er Zeit.

Er fand in der Küche Dr. Oetkers Schulkochbuch und brachte es auf die Veranda. Mit Hilfe eines Kochbuchs musste sogar er, der Philosoph und Spezialist für analytische Philosophie, Pfannkuchen zum Frühstück backen können. Sogar er? Gerade er! »Was sich beschreiben lässt, das kann auch geschehen«, lehrt Wittgenstein im *Tractatus logico-philosophicus.*

Aber es gab im Schulkochbuch keinen Pfannkuchen. Hatte der Pfannkuchen noch einen anderen Namen? Was sich nicht benennen lässt, lässt sich auch nicht finden. Was sich nicht finden lässt, lässt sich auch nicht backen.

Er fand den Eierkuchen, las, was er zu tun hatte, und rechnete die Zutaten auf 11 Personen hoch. Dann machte er sich in der Küche an die Arbeit. Er musste lange suchen, bis er 688 Gramm Mehl, 11 Eier, einen reichlichen Liter Milch, einen reichlichen Drittelliter Mineralwasser, ein knappes Pfund Margarine, Zucker und Salz beisammenhatte. Er ärgerte sich, dass für Zucker und Salz keine Mengen angegeben waren. Wie sollte er Zucker, wie sollte er Salz an sich durch vier dividieren und mit elf multiplizieren? Er ärgerte sich auch, dass er keine Anweisung fand, wie das Eiweiß vom Eigelb zu trennen und steifzuschlagen sei. Er hätte die Pfann- oder Eierkuchen gerne zart und locker gemacht. Aber er schaffte das Sieben, Verschlagen und Verrühren, ohne dass Klümpchen entstanden.

Als er die Pfanne aus dem Schrank nahm, rutschte sie ihm aus der Hand und fiel scheppernd auf den steinernen Boden. Er hob sie auf und lauschte ins Haus. Nach wenigen Sekunden hörte er die Schritte seiner Frau auf der Treppe. Sie kam im Nachthemd in die Küche und sah sich um.

Jetzt, dachte er. Er nahm sie in die Arme. Sie fühlte sich sperrig an. Ich, dachte er, fühle mich vermutlich auch sperrig an. Wie lange ist es her, dass wir uns das letzte Mal in die Arme genommen haben? Er hielt sie fest, und sie ergab sich zwar nicht in die Umarmung, legte aber die Arme um ihn. »Was machst du in der Küche?«

»Pfannkuchen – ich will gerade die Nullnummer backen. Die anderen backe ich, wenn alle am Frühstückstisch sitzen. Es tut mir leid, dass ich dich geweckt habe.«

Sie sah auf den Tisch, auf dem noch Mehl, Eier und Margarine lagen und die Schüssel mit dem Teig stand. »Du hast das gemacht?«

»Willst du die Nullnummer versuchen?« Er ließ seine Frau los, schaltete den Herd ein und setzte die Pfanne auf die Flamme, sah ins Kochbuch, erhitzte

150 Gramm Margarine, gab ein wenig Teig in die Pfanne, nahm den halbgebackenen Pfannkuchen heraus und legte ihn auf einen Teller, erhitzte mehr Margarine, gab den Pfannkuchen gewendet in die Pfanne und präsentierte ihn schließlich goldgelb seiner Frau.

Sie aß. »Er schmeckt wie ein richtiger Pfannkuchen.«

»Er ist ein richtiger Pfannkuchen. Kriege ich einen Kuss?«

»Einen Kuss?« Sie sah ihn erstaunt an. Wie lange ist es her, dachte er wieder, dass wir uns das letzte Mal geküsst haben? Langsam legte sie Gabel und Teller aus der Hand, kam zu ihm an den Herd, gab ihm einen Kuss auf die Backe und blieb neben ihm stehen, als wisse sie nicht, was sie jetzt tun solle.

Dann stand Meike in der Tür und sah ihre Großeltern fragend an. »Was ist los?«

»Er backt Pfannkuchen.«

»Großvater backt Pfannkuchen?« Sie mochte es nicht glauben. Aber da waren die Zutaten, die Schüssel mit Teig, die Pfanne, der halbe Pfannkuchen auf dem Teller und der Großvater mit Schürze. Meike drehte sich um, rannte die Treppe hoch und klopfte an die Türen. »Großvater backt Pfannkuchen!«

6

An diesem Tag zog er sich nicht auf die Bank am See zurück. Er holte einen Sessel aus dem Bootshaus und setzte sich an den Bootssteg. Er schlug ein Buch auf, las aber nicht. Er sah den Enkelkindern zu.

Ja, David war in Meike verliebt. Wie er sie zu beeindrucken versuchte, wie er sich bei jeder Haltung und Bewegung um Lässigkeit bemühte, wie er sich vor dem Kopfsprung mit Überschlag vergewisserte, ob sie zusah, wie er mit den Büchern angab, die er gelesen, und mit den Filmen, die er gesehen hatte, wie er mit nihilistischer Gleichgültigkeit über seine Zukunft sprach! Merkte Meike es nicht, oder spielte sie mit David? Sie schien unbeeindruckt und unbefangen und schenkte David nicht mehr von ihrer Aufmerksamkeit und Fröhlichkeit als den anderen.

Die Leiden der ersten Liebe! Er sah Davids Unsicherheit und fühlte wieder die Unsicherheit, die ihn vor mehr als fünfzig Jahren gequält hatte. Auch er wollte damals alles sein, und manchmal war ihm, als sei er es, und dann wieder, als sei er nichts. Auch er dachte damals, wenn Barbara sähe, wer er war und wie er sie liebte, würde sie ihn auch lieben, konnte aber weder zeigen, wer er war, noch sagen, dass er sie liebte. Auch er suchte damals in jeder kleinen Geste der Aufmerksamkeit und der Vertrautheit ein

Versprechen und wusste doch, dass Barbara ihm nichts versprach. Auch er flüchtete damals in eine heroische Gleichgültigkeit, in der er nichts glaubte und nichts hoffte und nichts brauchte. Bis die Sehnsucht ihn wieder überwältigte. Ihn erfasste Mitleid mit seinem Enkel – und mit sich selbst. Die Leiden der ersten Liebe, die Schmerzen des Heranwachsens, die Enttäuschungen des erwachsenen Lebens – er hätte David gerne etwas Tröstendes oder Ermutigendes gesagt, wusste aber nicht, was. Konnte er ihm immerhin helfen? Er stand auf und setzte sich im Schneidersitz zu den beiden auf den Bootssteg.

»Ehrlich, Großvater, ich hätte dir die Pfannkuchen nicht zugetraut.«

»Ich habe Spaß am Kochen gekriegt. Helft ihr beiden Großen mir morgen? Ich will nicht zu ehrgeizig werden, aber Spaghetti Bolognese und Salat sollte ich mit eurer Hilfe schaffen.«

»Zum Nachtisch Mousse au Chocolat?«

»Wenn sie in Dr. Oetkers Schulkochbuch steht.«

Dann saßen sie stumm beieinander. Er hatte ihr Gespräch unterbrochen und wusste nicht, wie er ein Gespräch zu dritt in Gang bringen sollte. »Dann gehe ich mal wieder. Morgen um elf? Zuerst einkaufen und dann kochen?«

Meike lachte ihn an. »Cool, Großvater, aber wir sehen uns doch noch.«

Dann saß er wieder auf dem Sessel. Matthias und Ferdinand hatten ein paar Meter vor dem Ufer eine flache Stelle im See gefunden, schleppten herbei, was sie an Steinen fanden, und bauten eine Insel. Er schaute nach der zwölfjährigen Schwester von David und Matthias aus. »Wo ist Ariane?«

»Auf deiner Bank.«

Er stand wieder auf und ging zu seiner Bank. Die linke Hüfte schmerzte. Ariane las, einen Fuß auf der Bank und das Buch auf dem Knie, hörte ihn kommen und sah auf. »Ist es okay, dass ich hier sitze?«

»Natürlich. Kann ich mich dazusetzen?«

Sie nahm den Fuß von der Bank, schlug das Buch zu und rückte zur Seite. Sie sah, dass er den Titel las: *Wenn der Postmann zweimal klingelt.* »Es stand bei euch im Regal. Vielleicht ist es nichts für mich. Aber es ist spannend. Ich dachte, wir machen mehr zusammen. Aber David hat nur Augen für Meike und Meike nur Augen für David, auch wenn sie so tut, als sei es nicht so, und er es nicht merkt.«

»Bist du sicher?«

Sie sah ihn an, altklug und mitleidig, und nickte. Sie wird eine schöne Frau werden, dachte er und stellte sich vor, wie sie eines Tages die Brille abnehmen, das Haar lösen und die Lippen aufwerfen würde. »So ist das also mit David und Meike. Wollen wir was zusammen machen?«

»Was?«

»Wir können Kirchen und Schlösser ansehen oder einen Maler besuchen, den ich kenne, oder einen Kraftfahrzeugmechaniker, in dessen Werkstatt es aussieht wie vor fünfzig Jahren.«

Sie dachte nach. Dann stand sie auf. »Gut, besuchen wir den Maler.«

7

Nach einer Woche wollte seine Frau wissen: »Was ist los? Wenn dieser Sommer stimmt, haben alle früheren nicht gestimmt, und wenn alle früheren gestimmt haben, stimmt dieser nicht. Du liest nichts mehr, und du schreibst nichts mehr. Du ziehst nur noch mit den Enkelkindern herum oder mit den Kindern, und gestern kommst du in den Garten und willst die Hecke schneiden. Wenn es eine Gelegenheit gibt, mich anzufassen, fasst du mich an. Wirklich, es ist, als könntest du deine Hände nicht von mir lassen. Ich will nicht sagen, dass du mich nicht anfassen kannst. Du kannst …« Sie wurde rot und schüttelte den Kopf. »Jedenfalls ist alles anders, und ich will wissen, warum.«

Sie saßen auf der Veranda. Die Kinder und Schwiegerkinder verbrachten den Abend bei Freunden, und die Enkelkinder lagen im Bett. Er hatte eine Kerze angezündet, eine Flasche Wein aufgemacht und ihr und sich eingeschenkt.

»Weintrinken bei Kerzenschein – auch das gab's noch nie.«

»Wird es nicht Zeit, dass ich damit anfange – damit und mit den Enkelkindern und den Kindern und der Hecke? Dass ich wieder weiß, wie gut du dich anfühlst?« Er legte den Arm um sie.

Aber sie schüttelte ihn ab. »Nein, Thomas Wellmer. So geht das nicht. Ich bin nicht eine Maschine, die du abstellen und anstellen kannst. Ich hatte mir unsere Ehe anders vorgestellt, aber anders ging es anscheinend nicht, und so habe ich mich mit dem eingerichtet, was ging. Ich lasse mich nicht auf eine Laune ein, auf einen Sommer, der nach wenigen Wochen vorbei ist. Da schneide ich meine Hecke lieber selbst.«

»Ich habe vor drei Jahren an der Universität aufgehört. Es tut mir leid, dass ich so lange gebraucht habe, bis ich die Freiheit des Ruhestands begriffen habe. An der Universität ist mit dem Ruhestand nicht so radikal Schluss wie in einer Behörde; man hat noch Doktoranden und macht noch ein Seminar und sitzt noch in einer Kommission und denkt, man müsste schreiben, was man immer schreiben wollte und wozu man nie Zeit hatte. Es ist, wie wenn du den Motor abstellst und im Leerlauf weiterrollst. Wenn die Straße dann noch ein bisschen abschüssig ist…«

»Du bist das Auto, dem der Ruhestand den Motor abgestellt hat. Wer ist die abschüssige Straße?«

»Alle, die mich behandelt haben, als würde der Motor noch laufen.«

»Ich muss dich also besonders behandeln. Nicht, als würde der Motor noch laufen, sondern als wäre er aus. Dann…«

»Nein, du musst nichts tun. Nach drei Jahren rollt das Auto nicht mehr.«

»… dann kümmerst du dich ab jetzt um die Enkelkinder und schneidest die Hecke?«

Er lachte. »Und lasse die Hände nicht von dir.«

Sie saßen Seite an Seite, und er spürte ihre Skepsis. Er spürte sie in ihrer Schulter, ihrem Arm, ihrer Hüfte, ihrem Oberschenkel. Wenn er noch mal den Arm um sie legen würde, würde sie ihn vielleicht nicht abschütteln – sie hatten miteinander geredet und einander zugehört. Aber sie würde darauf warten, dass er ihn wieder wegnähme. Oder würde sie nach einer Weile den Kopf an seine Schulter legen? Wie sie beim Pfannkuchenbacken die Arme um ihn gelegt hatte, nicht als Einverständnis, nicht als Versprechen, nur so?

8

Er warb um sie. Morgens brachte er ihr Tee ans Bett; wenn sie im Garten arbeitete, brachte er ihr Limonade; er schnitt die Hecke und mähte den Rasen; er machte es sich zur Regel, abends zu kochen, meistens unterstützt von Ariane; er war für die Enkelkinder da, wenn sie sich langweilten; er achtete darauf, dass der Vorrat an Apfelsaft, Mineralwasser und Milch nicht ausging. Jeden Tag lud er seine Frau zum Spaziergang ein, nur sie und er, und zuerst wollte sie rasch wieder nach Hause und an die Arbeit, aber dann ließ sie ihn die Wege ausdehnen und manchmal ihre Hand halten – bis sie ihre Hand brauchte, weil sie etwas aufheben oder pflücken und untersuchen wollte. Eines Abends fuhr er mit ihr in das Restaurant am anderen Ufer des Sees, das einen Stern hatte und wo man ihnen das Abendessen auf einer Wiese unter Obstbäumen servierte. Sie sahen auf das Wasser, das im Licht der Abendsonne wie geschmolzenes Metall glänzte, Blei mit einem Hauch von Bronze, glatt, bis zwei Schwäne mit klatschendem Flügelschlag landeten. Er legte seine Linke auf den Tisch. »Du weißt, dass Schwäne …«

»Ich weiß.« Sie legte ihre Hand auf seine.

»Wenn wir zu Hause sind, möchte ich mit dir schlafen.«

Sie nahm ihre Hand nicht weg. »Weißt du noch, wann wir das letzte Mal miteinander geschlafen haben?«

»Vor deiner Operation?«

»Nein, es war danach. Ich dachte, es ginge wieder. Du hast mir gesagt, dass ich so schön bin, wie ich davor war, und dass du die neue Brust so liebst, wie du die alte geliebt hast. Aber dann musste ich ins Bad und habe die rote Narbe gesehen und gemerkt, dass es nicht ging und dass alles nur Anstrengung war, ich habe mich angestrengt, und du hast dich angestrengt. Du hast verständnisvoll und rücksichtsvoll reagiert und gesagt, dass du mich nicht drängen willst. Dass ich ein Signal geben soll, wenn ich so weit bin. Aber als ich kein Signal gab, war's dir auch recht, und du hast auch keines gegeben. Dann merkte ich, dass es vor der Operation nicht anders war und dass damals schon nichts passierte, wenn ich kein Signal gab. Ich mochte kein Signal mehr geben.«

Er nickte. »Verlorene Jahre – ich kann dir nicht sagen, wie leid es mir um sie ist. Ich dachte damals, ich müsste es mir und den anderen beweisen und Rektor werden oder Staatssekretär oder Präsident der Vereinigung, und weil du keinen Anteil daran nahmst, habe ich mich von dir verraten gefühlt. Dabei hattest du recht. Wenn ich zurückschaue, haben die Jahre kein Gewicht. Sie waren nur laut und schnell.«

»Hattest du eine Geliebte?«

»O nein. Ich habe außer der Arbeit nichts und niemanden an mich herankommen lassen. Anders hätte ich sie nicht geschafft.«

Sie lachte leise. Weil sie sich an seine damalige Arbeitswut erinnerte? Weil sie erleichtert war, dass er damals keine Geliebte hatte?

Er bat um die Rechnung.

»Meinst du, wir können es noch?«

»Ich habe so viel Angst wie beim ersten Mal. Oder noch mehr. Ich weiß nicht, wie es wird.«

9

Es wurde nichts. Mitten in der Umarmung kam der Schmerz. Er explodierte im Steißbein und schickte seine Wellen in den Rücken und in die Hüften und in die Oberschenkel. Er war schlimmer als der schlimmste Schmerz, den er bisher gehabt hatte. Er vernichtete sein Begehren, sein Fühlen, sein Denken. Er machte ihn zu seinem Geschöpf, das nicht über den Schmerz hinauskonnte, das sich nicht einmal danach sehnen konnte, dass er aufhören würde. Ohne es zu wollen oder auch nur zu merken, stöhnte er auf.

»Was ist?«

Er rollte auf den Rücken und presste beide Hände gegen die Stirn. Was sollte er sagen? »Ich glaube, ich habe einen Ischias, wie ich noch keinen hatte.« Mühsam stand er auf. Im Bad nahm er vom Novalgin, das ihm der Arzt für Krisen gegeben hatte. Er stützte seine Arme auf das Waschbecken und sah in den Spiegel. Obwohl er sich fühlte, wie er sich noch nie gefühlt hatte, war sein Gesicht, wie es immer war. Das dunkelblonde Haar mit grauen Schläfen und Strähnen, die zwischen Grau und Grün schillernden Augen, das von tiefen Furchen über der Nase und von der Nase zum Mund gezeichnete Gesicht, die Härchen, die ihm aus der Nase wuchsen und die er morgen stutzen würde, der schmale Mund – es tat ihm gut, seine Schmerzen mit dem vertrauten Gesicht zu teilen und ihm mit trotzigem Mund zu versichern und sich mit trotzigem Mund versichern zu lassen, es stecke noch Leben in dem alten Hund. Als die Schmerzen schwächer wurden, ging er zurück ins Schlafzimmer.

Seine Frau war eingeschlafen. Er setzte sich auf den Bettrand, vorsichtig, damit sie nicht aufwachte. Ihre Lider zitterten. Ob sie erst halb im Schlaf und halb noch im Tag war? Ob sie träumte? Was mochte sie träumen? Er kannte ihr Gesicht so gut. Das junge Gesicht, das darin wohnte, und das alte. Das kindliche, freudige, arglose und das müde, bittere. Wie hielten die zwei verschiedenen Gesichter es miteinander aus?

Er blieb sitzen. Er wollte seinen Schmerz nicht provozieren. Sein Schmerz hatte ihm gezeigt, dass er bei ihm nicht nur zu Hause, sondern dass er der Herr im Haus war. Jetzt hatte er sich in ein hinteres Zimmer zurückgezogen, aber die Türen aufgelassen, um zur Stelle zu sein, sollte ihm nicht der gehörige Respekt erwiesen werden.

Ihn rührten die Haare seiner Frau. Sie waren braun gefärbt und wuchsen grau und weiß nach – der Kampf gegen das Älterwerden, wieder und wieder gekämpft, verloren, aber nicht verloren gegeben. Würde seine Frau ihre Haare nicht färben, sähe sie mit ihrer geschwungenen Nase, ihren hohen Backenknochen, ihren Falten und ihren Augen wie eine weise alte Indianerin aus. Er hatte nie herausgefunden, ob ihre Augen manchmal unergründlich schauten, weil ihre Gefühle und Gedanken so tief oder weil sie so leer waren. Er würde es nicht mehr herausfinden.

Sie entschuldigte sich am nächsten Morgen. »Es tut mir leid. Der Champagner, der Wein, das Essen, das Miteinander-Schlafen, mit dem Schluss war, als es schön wurde, dein Ischias – es war ein bisschen viel. Da bin ich einfach eingeschlafen.«

»Nein, mir tut es leid. Der Arzt hat mir gesagt,

dass ich mit Ischiasattacken rechnen und dann Tabletten nehmen muss. Ich ahnte nicht, dass sie so heftig und so im falschen Augenblick kommen würden.« Er hatte Angst, sich auf die Seite zu legen, und streckte den Arm aus.

Sie legte den Kopf auf seine Schulter. »Ich muss Frühstück machen.«

»Nein, musst du nicht.«

»Muss ich doch.«

Sie spielte nur. Sie wollte, was auch er wollte. Er bat seinen Schmerz, im hinteren Zimmer zu bleiben, für diesen Morgen, für diese Stunde. »Setzt du dich auf mich?«

10

Als sie hinunterkamen, waren die anderen mit dem Frühstück fast fertig. Ariane sah ihre Großeltern an, als wisse sie, warum sie spät dran waren. Die zwölfjährige Ariane? Aber er wurde rot, und seine Frau wurde es auch. Dann, als wolle sie der Clique zeigen, dass sie und er etwas miteinander hatten, gab sie ihm einen Kuss.

Gegen Mittag holte er seinen alten Freund am Bahnhof ab. Der Zug fuhr ein und hielt, und weil der Wagen zu hoch für den Bahnsteig oder der Bahnsteig zu niedrig für den Wagen war, musste sein

Freund einen kleinen Sprung machen. Er machte ihn mit resigniertem Lächeln. Als sei er darauf gefasst, zu stürzen und statt eines kurzen Besuchs bei einem alten Freund einen langen Aufenthalt in einem Provinzkrankenhaus vor sich zu haben.

Resigniert, als sei das Spiel aus, bevor es beginnt, zugleich von heiterem Charme, als sei das zwar so, mache aber nichts – so war er immer schon. So hatte er studiert, ohne großen Aufwand und Ehrgeiz, aber freundlich gegen jedermann und bei jedermann beliebt, auch bei denen, die ihn prüften, und später bei denen, die ihn einstellten. Er wurde ein erfolgreicher Rechtsanwalt, der seinen Erfolg seinem fachlichen Können und ebenso seinem Umgang mit Mandanten, Gegnern und Richtern verdankte. Er charmierte sie. Er charmierte auch die Frauen und Kinder seiner Freunde; sie liebten ihn, obwohl auch unter seinen Freunden der eine und andere eine Frau geheiratet hatte, die den Mann für sich haben wollte, ohne alte Freunde.

Sohn Helmut mochte den Freund besonders; als Kind war er manchmal mit dem Vater und ihm in Ferien gefahren, Männerferien. Im Winter liefen sie Ski, und wenn er nicht mehr konnte oder wollte, nahm ihn der Freund, der in Jeans und Mantel die Pisten hinunterfegte, zwischen die Beine. Für den kleinen Jungen war der Freund mit dem wehenden dunklen Mantel, der ihn sicher und schnell ins Tal brachte, ein Held wie Batman. Später beriet er ihn im Studium und im Beruf; ohne ihn hätte Helmut sich nicht entschieden, Rechtsanwalt zu werden. Er wäre gerne zum Bahnhof mitgekommen. Aber die Fahrten vom Bahnhof nach Hause und am nächsten Abend vom Haus zum Bahnhof waren für die beiden Freunde die einzigen Gelegenheiten, miteinander alleine zu sein.

Auf der Fahrt redeten sie über den Ruhestand, die Familien, den Sommer. Dann fragte der Freund: »Was macht der Krebs?«

»Lass uns oben«, er zeigte zu dem Berg, auf den die Straße führte, »halten und ein paar Schritte laufen.« Er hatte sich wieder und wieder gefragt, ob er dem Freund von seiner Absicht erzählen sollte. Sie hatten sonst keine Geheimnisse voreinander, und über den Krebs hatten sie umso leichter gesprochen, als beide das gleiche Schicksal teilten; bei beiden war vor Jahren Krebs diagnostiziert worden, beide Male ein verschiedener und verschieden verlaufender, aber beide Male mit Operation und Bestrahlung und Chemotherapie. Aber wie sollte der Freund mit dem Wissen um seine Absicht der Familie begegnen?

Sie gingen über die Höhe. Zur Rechten begann der Wald, zur Linken hatten sie den Blick auf den

See, die Berge und in der Ferne die Alpen. Es war warm, die weiche, satte Wärme des Sommers.

»Es ist eine Frage der Zeit, bis die Knochen es nicht mehr machen. Bis sie bröseln und brechen und bis der Schmerz unerträglich wird. Manchmal kriege ich einen Vorgeschmack, aber noch geht's. Was macht dein Krebs?«

»Er hält still, schon seit vier Jahren. Letzten Monat stand die Untersuchung an, und ich bin erstmals einfach nicht gegangen.« Fatalistisch hob der Freund die Hände und ließ sie wieder sinken. »Was machst du, wenn der Schmerz unerträglich wird?«

»Was würdest du machen?«

Sie liefen eine ganze Weile, ohne dass der Freund antwortete. Dann lachte er. »Den Sommer genießen, so gut es geht. Was sonst?«

II

Nach dem Abendessen saß er in der Ecke des Sofas und sah den anderen zu. Sie spielten ein Spiel, bei dem höchstens acht Personen mitspielen durften. Er konnte sich, ohne aufzufallen, immer wieder anders hinsetzen und die Kissen mal hinter den Rücken, mal gegen die Hüfte, mal unter den Oberschenkel legen. Jede Veränderung brachte Erleichterung, bis der Schmerz sich in der neuen Haltung eingerichtet hatte wie in der alten. Er hatte Novalgin genommen, aber es half nicht mehr. Was jetzt? Sollte er in die Stadt fahren und den Arzt um Morphin bitten? Oder war der Zeitpunkt gekommen, die Flasche aus dem Weinkühlschrank zu holen, in dem sie hinter einer halben Flasche Champagner versteckt war, und den Cocktail zu trinken?

Wenn er sich seinen letzten Abend vorgestellt hatte, hatte er ihn sich schmerzfrei vorgestellt. Jetzt merkte er, dass es nicht einfach war, den richtigen Abend zu finden. Je länger es mit ihm ging und je schlimmer es um ihn stand, desto seltener würden schmerzfreie Abende sein, desto willkommener, desto unverzichtbarer. Wie sollte er einen solchen Abend an den Tod preisgeben? Andererseits wollte er nicht in Schmerzen sterben. Ob Morphin die Lösung war? Ob mit ihm die schmerzfreien Abende nicht mehr unverzichtbare Seltenheiten, sondern machbare Gelegenheiten sein würden?

Türen und Fenster standen auf, und der laue Wind brachte Mücken vom See. Als er die Mücke auf dem linken Arm mit der rechten Hand treffen wollte, konnte er sie nicht heben. Die Hand gehorchte ihm nicht. Als er sich anders setzte, ging es wieder, und es ging auch, als er wieder die Haltung einnahm, in der ihm die Hand gerade nicht gehorcht hatte. Er probierte verschiedene Haltungen, und in jeder konnte er die Hand heben, so dass er sich schließlich fragte, ob er sich das Versagen nur eingebildet hatte. Aber er wusste es besser, und er wusste auch, dass wieder etwas geschehen war, hinter das es nicht mehr zurückging.

Das Spiel war zu Ende, und der Freund erzählte Fälle aus seiner Praxis. Die Kinder hatten früher von seinen Fällen nicht genug kriegen können, und die Enkelkinder konnten es jetzt auch nicht. Es beschämte ihn. Was hatte er seinen Kindern zu erzählen gehabt? Was hatte er seinen Enkelkindern zu erzählen? Dass Kant ein guter Billardspieler war und sich mit Billardspielen Geld fürs Studium verdiente, dass Hegel mit seiner Frau das Familienleben von Martin Luther und Katharina von Bora imitierte, dass Schopenhauer seine Mutter und seine Schwester lausig behandelte und dass Wittgenstein sich um seine Schwester rührend kümmerte – er kannte ein paar Philosophenanekdoten und ein paar Anekdoten aus der Geschichte, die ihm sein Großvater erzählt hatte. Aus seiner eigenen Arbeit wusste er nichts Spannendes zu erzählen – was sagte das über ihn? Über seine Arbeit? Über die analytische Philosophie? War sie auch nur eine raffinierte Vergeudung menschlicher Intelligenz?

Dann ließ der Freund sich bitten und setzte sich

ans Klavier. Er lächelte ihm zu und spielte die Chaconne aus der *Partita in d-Moll,* die sie als Studenten von Menuhin gehört und lieben gelernt hatten. Eine Bearbeitung für Klavier – er hatte nicht gewusst, dass es sie gab und dass der Freund sie spielte. Hatte er sie für ihn geübt? Schenkte er sie ihm zum Abschied? Die Musik und das Geschenk des Freundes rührten ihn so, dass ihm die Tränen kamen und auch nicht aufhörten, als der Freund Jazz spielte – das, was die Kinder und Enkelkinder eigentlich hören wollten.

Seine Frau sah es, setzte sich zu ihm und legte ihren Kopf an seine Schulter. »Ich weine auch gleich. Der Tag hat so schön angefangen und hört so schön auf.«

»Ja.«

»Wollen wir aufstehen und hochgehen? Wenn die anderen merken, dass wir nicht mehr da sind, verstehen sie schon.«

12

Dann war Halbzeit. Er wusste, dass die zweite Hälfte des gemeinsamen Sommers schneller vergehen würde als die erste – und die erste war im Nu vergangen. Er dachte darüber nach, was er den Kindern noch sagen könne. Dagmar – dass sie sich nicht so viele

Sorgen um die Kinder machen solle? Dass sie eine gute Biologin sei, ihre Gabe nicht vergeuden und wieder arbeiten solle? Dass sie ihren Mann verwöhne und dass das weder ihm noch ihr guttue? Helmut – ob ihn wirklich interessiere, welche Firma mit welcher fusioniert und welche Firma welche übernimmt? Ob ihn das viele Geld eigentlich interessiere, das er anhäuft? Ob er, das Vorbild des alten Freundes vor Augen, nicht ein anderer Rechtsanwalt habe werden wollen, als er jetzt ist?

Nein, das ging nicht. Dagmar hatte nun einmal einen aufgeblasenen Dummkopf geheiratet, und er konnte nur hoffen, dass sie es nicht merken und sich von seinem Reichtum und seinen guten Manieren weiter blenden lassen würde. Helmut war auf den Geschmack des Geldes gekommen und süchtig danach geworden, und seine Frau genoss die Früchte. Vielleicht hatten beide Kinder sich aus Unsicherheit auf ein Leben der Äußerlichkeit eingelassen, und vielleicht hatte er ihnen nicht genug Sicherheit gegeben. Jetzt konnte er sie ihnen auch nicht mehr geben. Er konnte ihnen sagen, dass er sie liebte. Was Eltern und Kinder in amerikanischen Filmen einander mit Leichtigkeit sagten, musste er auch sagen können.

Was immer mit seinen Kindern nicht stimmte – in diesem Sommer waren sie anspruchslos, verträglich und liebevoll. An den Enkelkindern hätte er nicht eine solche Freude, wenn die Kinder es nicht recht machen würden. Nein, er konnte den Kindern nichts Wegweisendes sagen. Er konnte ihnen nur sagen, dass er sie liebte.

Eines Tags waren die Schmerzen so stark, dass er den Zug in die Stadt nahm und den Arzt um Morphin bat. Der Arzt gab ihm das Betäubungsmittelrezept unter Zögern und mit allerlei Belehrungen über Dosierung und Wirkung. Freundlicher als der Arzt war die Apothekerin, bei der er seit Jahrzehnten kaufte und die ihm mit traurigem Lächeln die Packung und ein Glas Wasser gab. »Es ist also so weit.«

Er verpasste den Nachmittagszug und nahm den Abendzug. Er hatte das Auto am Bahnhof abgestellt, fragte sich, ob er fahren könne, war aber nicht anders belehrt worden und kam nach einer Fahrt über leere Straßen sicher an. Das Haus lag dunkel. Wenn alle schon schliefen, hatte er keine Eile. Er konnte sich auf die Bank am See setzen. Er konnte genießen, dass heute Abend der Schmerz sich nicht nur in ein hinteres Zimmer zurückgezogen hatte, sondern verlässlich eingeschlossen war.

Ja, Morphin war die Lösung. Mit ihm war ein schmerzfreier Abend tatsächlich nicht mehr eine unverzichtbare Seltenheit, sondern eine machbare Gelegenheit. Er fühlte sich leicht; sein Körper schmerzte nicht nur nicht, sondern pulsierte weich und fest, hielt ihn, trug ihn, hatte Flügel. Ohne sich zu rühren, konnte er nach den Lichtern am anderen Ufer des Sees und sogar nach den Sternen greifen.

13

Er hörte Schritte und erkannte den Gang seiner Frau. Er rückte auf die eine Seite der Bank, damit sie auf der anderen Seite Platz hätte. »Du hast das Auto gehört?«

Sie setzte sich, ohne zu antworten. Als er den Arm um ihre Schultern legen wollte, beugte sie sich vor, so dass seine Geste ins Leere ging. Sie hielt die Flasche mit dem Cocktail hoch und fragte: »Ist das, was ich denke?«

»Was denkst du?«

»Spiel kein Spiel mit mir, Thomas Wellmer. Was ist es?«

»Es ist ein besonders starkes Schmerzmittel, das gekühlt gelagert werden muss und nicht in die Hände der Enkelkinder geraten soll.«

»Deshalb hast du es hinter der Champagnerflasche im Weinkühlschrank versteckt?«

»Ja. Ich verstehe nicht, was du …«

»Ich habe besonders starke Schmerzen. Seit ich die Flasche gefunden habe, weil ich für dich und mich ein Essen mit Champagner vorbereiten wollte, habe ich besonders starke Schmerzen. Also trinke ich die Flasche am besten aus.« Sie schraubte den Deckel ab und hob die Flasche zum Mund.

»Mach das nicht.«

Sie nickte. »Eines Abends, während wir zusammensitzen und es schön haben, willst du rausgehen, die Flasche austrinken, wieder reinkommen und einschlafen. Sagst du uns davor noch, dass du besonders müde bist und vielleicht einschlafen wirst und wir dich schlafen lassen sollen?«

»Ich habe das nicht so genau geplant.«

»Aber du wolltest es machen, ohne es mir zu sagen, ohne mich zu fragen, ohne mit mir zu reden. So genau hast du es schon geplant. Stimmt's?«

Er zuckte die Schultern. »Ich verstehe nicht, was du hast. Ich wollte gehen, wenn ich den Schmerz nicht mehr ertrage. Ich wollte so gehen, dass niemand ein Problem hat.«

»Erinnerst du dich an unsere Hochzeit? Bis dass der Tod euch scheidet? Nicht bis du dich beim Tod einschmeichelst und mit ihm davonstiehlst. Und erinnerst du dich, dass ich mich nicht auf das Glück eines Sommers einlassen wollte, das nach wenigen Wochen vorbei ist? Hast du gedacht, dass ich die

Wahrheit nicht herausfinde? Oder dass du, wenn ich sie herausfinde, tot bist? Dass ich dich dann nicht mehr zur Rede stellen kann? Du hast keine Geliebte gehabt, aber wie du mich jetzt betrogen hast, ist nicht besser, nein, es ist schlimmer.«

»Ich dachte, es kommt nicht raus. Ich dachte auch, dass es ein schöner Abschied ist. Was hättest du…«

»Ein schöner Abschied? Du gehst, und ich weiß nicht, dass du gehst? Das soll ein schöner Abschied sein? Es ist gar kein Abschied. Jedenfalls keiner, den ich von dir nehme. Und du nimmst auch nicht von mir Abschied, sondern von dir, und willst mich als Statistin dabeihaben.«

»Ich verstehe noch immer nicht, warum du so empört…«

Sie stand auf. »Ja, du verstehst nicht, was du machst. Ich werde es morgen früh den Kindern sagen und fahren. Mach hier, was du willst. Ich werde nicht als Statistin bleiben, und ich wäre erstaunt, wenn die Kinder blieben.« Sie stellte die Flasche auf die Bank und ging.

Er schüttelte den Kopf. Etwas war schiefgelaufen. Er wusste nicht genau, was. Aber es bestand kein Zweifel, dass etwas nicht so gelaufen war, wie es hätte laufen sollen. Er würde am nächsten Morgen mit seiner Frau reden müssen. So empört hatte er sie lange nicht mehr erlebt.

14

Sie lag nicht im gemeinsamen Bett, als er sich hinlegte, und nicht, als er aufstand. Er machte mit den Kindern Frühstück und weckte die Enkelkinder. Als alle um den Tisch saßen, kam sie. Sie setzte sich nicht.

»Ich fahre in die Stadt. Euer Vater will sich an einem der nächsten Abende im Kreis seiner Lieben umbringen. Ich habe es nur durch Zufall herausgefunden; er wollte mir und euch nichts davon sagen, sondern einfach das Mittel trinken und einschlafen und sterben. Ich will damit nichts zu tun haben. Was er sich alleine ausgedacht hat, soll er auch alleine zu Ende bringen.«

Dagmar sagte zu ihrem Mann: »Nimm die Kinder, und mach was mit ihnen. Nicht nur unsere Kinder, alle.« Sie sagte es so bestimmt, dass ihr Mann aufstand und ging, und die Enkelkinder gingen mit. Dann wandte sie sich an ihren Vater. »Du willst dich umbringen? Wie Mutter es beschrieben hat?«

»Ich dachte, es müssten nicht alle wissen. Eigentlich müsste es niemand wissen. Der Schmerz wird schlimmer und schlimmer, und wenn er unerträglich wird, will ich mich verabschieden. Was ist daran falsch?«

»Dass du uns nichts gesagt hast und nichts sagen wolltest. Oder wenn nicht uns Kindern, dann Mutter. Wann der Schmerz unerträglich wird, hängt doch auch damit zusammen, was Mutter dir ertragen hilft. Ich dachte, auch wir ...« Dagmar sah ihren Vater enttäuscht an.

Helmut stand auf. »Lass sein, Dagmar. Was gerade abgeht, müssen die Eltern unter sich ausmachen. Ich jedenfalls werde mich nicht einmischen, und du hältst dich besser auch heraus.«

»Aber sie machen es nicht unter sich aus. Mutter hat gesagt, sie will damit nichts zu tun haben.« Dagmar sah ihren Bruder verwirrt an.

»Das ist auch eine Art, es mit ihm auszumachen.« Er wandte sich an seine Frau. »Komm, wir packen und fahren.«

Sie gingen. Dagmar stand zögernd auf, sah ihren Vater und ihre Mutter fragend an, bekam keine Antworten und ging auch. Das Haus war erfüllt von der Geschäftigkeit des Schränke und Kommoden Leerräumens, Bücher und Spielsachen Zusammensuchens, Betten Abziehens, Packens. Die Eltern ermahnten ihre Kinder, dies noch zu holen und jenes nicht zu vergessen, und weil die Kinder spürten, dass die Welt aus den Fugen geraten war, waren sie folgsam.

Seine Frau hatte schon in der Nacht gepackt. Sie

stand noch eine Weile in der Küche und sah vor sich hin. Dann sah sie ihn an. »Ich fahre jetzt.«

»Du musst nicht fahren.«

»Doch, ich muss.«

»Fährst du in die Stadt?«

»Ich weiß nicht. Ich habe noch fast drei Wochen Ferien.« Sie ging, und er hörte, wie sie sich von den Kindern und Enkelkindern verabschiedete, die Haustür öffnete und schloss, das Auto anließ und losfuhr. Wenig später hatten die anderen fertiggepackt. Sie kamen in die Küche und verabschiedeten sich, die Kinder verlegen, die Enkelkinder verstört. Er hörte auch sie aus dem Haus gehen, Autotüren zuschlagen und losfahren. Dann war es still.

15

Er blieb sitzen und konnte nicht fassen, wie schnell sich das Haus geleert hatte. Er wusste nicht, was er tun sollte. Was er mit dem Morgen anfangen sollte und mit dem Tag, was mit dem nächsten Tag und der nächsten Woche, ob er sich gleich umbringen sollte oder später. Schließlich stand er auf und räumte den Tisch ab, lud das schmutzige Geschirr und Besteck in die Spülmaschine, füllte das Spülmittel ein, stellte die Spülmaschine an, sammelte oben die Bettwäsche und die Handtücher ein und trug sie in den Keller. Anders als die Spülmaschine hatte er die Waschmaschine noch nie bedient, aber er fand auf dem Bord mit den Waschmitteln eine Gebrauchsanleitung und folgte den Anweisungen. In eine Ladung passte die Wäsche von zwei Betten; er würde vier oder fünf Ladungen brauchen.

Er ging an den See und setzte sich auf die Bank. Mit den Geräuschen der spielenden und badenden Enkelkinder war sie ein Ort wie der Tisch in der Bibliothek oder im Café oder das Sofa im Wohnzimmer – er war bei den anderen und war doch für sich. Ohne die Geräusche war er nur einsam. Er wollte darüber nachdenken, was er tun sollte, aber ihm fiel nichts ein. Dann wollte er über eines der philosophischen Probleme nachdenken, die er in den Ruhestand mitgenommen hatte, und ihm fiel nicht nur nichts zu einem Problem, ihm fiel nicht einmal ein Problem ein. Situationen der letzten Wochen kamen zu ihm: David und Meike im Boot, Matthias und Ferdinand beim Bau der Insel, Ariane mit dem Buch auf dem Knie, Ariane und er beim Maler, das Kochen mit den Kindern, das Schneiden der Hecke, der Tee und die Limonade für die Frau, die wachsende Nähe, der Morgen, an dem sie sich geliebt hatten. Er spürte einen Hauch von Sehnsucht, nur einen Hauch, weil er noch nicht wirklich erfasst hatte, dass alle gegangen waren. Er wusste, dass es so war, er hatte es mit eigenen Ohren gehört und mit eigenen Augen gesehen. Aber er hatte es noch nicht wirklich erfasst.

Als der Schmerz sich meldete, war er fast froh. Wie man fast froh ist, wenn man sich verlassen an einem fremden Ort findet und jemandem begegnet, den man nicht mag, mit dem einen aber eine gemeinsame Vergangenheit auf der Schule oder Universität oder im Betrieb oder Büro verbindet. Die Begegnung lenkt von der Einsamkeit ab. Außerdem brachte der Schmerz ihm in Erinnerung, warum er hier war: nicht um in der Familie aufzugehen, sondern um von ihr Abschied zu nehmen. Nun war der Abschied eben ein bisschen früher und ein bisschen anders gekommen.

Ja, so war es. Oder doch nicht? Er stand auf und wollte die erste Ladung Wäsche zum Trocknen aufhängen und die nächste Ladung waschen. Noch bevor er das Haus erreichte, wusste er, dass der Abschied, der hinter ihm lag, nicht nur ein bisschen früher und ein bisschen anders gekommen war. Er hatte mit dem Abschied, der vor ihm gelegen hatte, nichts gemein. Der Abschied, der hinter einem liegt, ist passiert. Beim Abschied, der vor einem liegt, gibt es die Möglichkeit, dass etwas ihn verzögert, dass etwas ihn verhindert, dass ein Wunder geschieht. Er glaubte nicht an Wunder. Aber er merkte, dass er sich etwas vorgemacht hatte. Er hatte sich vorgestellt, der Schmerz werde immer stärker, immer schwerer zu ertragen und schließlich unerträglich werden und die Entscheidung zum Abschied werde sich von selbst ergeben. Stattdessen war mit dem Schmerz auch das Schmerzmittel stärker geworden. Die Entscheidung, den Cocktail zu trinken und den Abschied zu nehmen, ergab sich nicht von selbst. Er musste sie treffen, und weil er noch Zeit gehabt hatte, hatte er sich nicht eingestanden, wie schwer sie ihm fiel. Wenn er sich den Arm brechen würde oder das Bein – wäre es dann so weit?

Er hatte manchmal gesehen, wie seine Frau Wäsche aufhängte. Sie wischte die Wäscheleine ab, die im Garten gespannt war, brachte den Wäschekorb aus dem Keller, schlug die Wäschestücke aus und klemmte sie mit Wäscheklammern fest, die sie aus einem Beutel nahm, den sie wie eine Schürze umgebunden hatte. So machte er es auch. Sich nach den Stücken bücken, sie ausschlagen, die Klammern aus dem Beutel nehmen, sich nach der Leine strecken und die Stücke festklemmen – bei jeder Bewegung sah er seine Frau vor sich, nein, fühlte er sie, wie sie dieselbe Bewegung machte. Ihn ergriff das Mitgefühl mit dem Körper seiner Frau, der die Mühen des Berufs, des Haushalts und der Kinder, die

Schmerzen der Geburten und der Fehlgeburt, die Anfälligkeit für Blasenentzündungen und die Überwältigungen durch Migräne ausgehalten hatte, so stark, dass er zu weinen begann. Er wollte aufhören. Aber er konnte nicht. Er setzte sich auf die Stufen der Veranda und sah durch die Tränen, wie der Wind die Wäsche blähte, sinken ließ und wieder hochwehte.

Nichts würde von dem letzten Sommer bleiben, den er so sorgfältig eingefädelt hatte. Wieder hatte er alle Zutaten beieinandergehabt, aber das Glück hatte nicht gestimmt. Es war anders als die anderen Male; eine Weile lang war er wirklich glücklich gewesen. Aber das Glück hatte nicht bleiben mögen.

16

Am selben Tag fing er an zu horchen. Er war im Garten oder am See und horchte, ob, was er gerade gehört hatte, das Auto seiner Frau war. Er war im ersten Stock, hörte im Erdgeschoss ein Geräusch und horchte auf Schritte. Er war im Erdgeschoss, hörte ein Geräusch im ersten Stock und horchte auf Stimmen.

In den nächsten Tagen war er sich manchmal sicher, er hätte seine Frau vorfahren oder die Treppe hochkommen oder Matthias zu ihm rennen oder Ariane nach ihm rufen gehört. Dann trat er vor die Tür oder an die Treppe oder drehte sich um, und niemand war da. An einem Tag ging er immer wieder vom Haus an den See, weil sich in seinem Kopf die Idee festgesetzt hatte, seine Frau werde mit einem Boot kommen, sich auf die Bank setzen und darauf warten, dass er sich zu ihr setze. War er unten an der Bank, kam ihm die Idee absurd vor. Aber wenn er wieder im Haus war, dauerte es nicht lang, bis er meinte, den gedrosselten Motor eines anlegenden Boots zu hören.

Als er nur mehr die Leere von Haus und Garten hörte, ließ er sich gehen. Das morgendliche Ritual des Duschens und Rasierens und Anziehens ging über seine Kräfte. Wenn er einkaufen fuhr, schlüpfte er mit dem Schlafanzug in eine Hose und zog eine Jacke über und scherte sich nicht um die Blicke der anderen. Im Lauf des Nachmittags fing er zu trinken an, und am frühen Abend war er betrunken oder, wenn Alkohol und Tabletten zusammenwirkten, beinahe bewusstlos. Nur dann war er ganz ohne Schmerzen. Sonst tat ihm immer etwas und oft der ganze Körper weh.

Eines Abends stürzte er auf der Kellertreppe, war aber zu betrunken, um aufzustehen und hochzugehen. Er setzte sich auf die Stufe und lehnte sich an die Wand und schlief ein. Nachts wachte er auf und merkte, dass seine rechte Hand geschwollen war und weh tat. Es war nicht der Schmerz, den er kannte, sondern ein junger, frischer Schmerz, der bei jeder Bewegung der Hand stechend vom Gelenk bis in die Finger fuhr. Er sagte ihm, dass die Hand gebrochen war. Er sagte ihm auch, dass der richtige Augenblick gekommen war.

Aber er holte nicht den Cocktail, sondern ging in die Küche und machte Kaffee. Er füllte ein Handtuch mit Eiswürfeln, setzte sich an den Tisch, kühlte die Hand und trank den Kaffee. Er würde nicht selbst fahren können. Er musste eine Taxe kommen lassen. Ihm war peinlich, wie er aussah und wie er roch, und er quälte sich unter die Dusche und in frische Wäsche und in einen Anzug. Er rief den Taxenbetrieb an, holte den alten Chef aus dem Bett, den er seit Jahren kannte und der selbst kommen wollte, setzte sich auf die Terrasse und wartete. Die Nachtluft war warm.

Dann liefen die Dinge von selbst. Die Taxe brachte ihn zum Krankenhaus, der Arzt gab ihm eine Spritze und schickte ihn zum Röntgen, die Röntgenschwester machte die Aufnahmen und schickte ihn in die Wartehalle. Er war der einzige Patient, saß im weißen Licht der Neonröhren auf einem weißen Plastikstuhl und sah auf den leeren Parkplatz. Er wartete und schrieb in Gedanken einen Brief an seine Frau.

Es dauerte eine Stunde, bis er gerufen wurde. Neben dem ersten Arzt stand ein zweiter. Er führte das Wort und erklärte ihm die Zahl und Lage der Knochen der Hand, welche zwei Knochen gebrochen seien, dass es weder etwas zu operieren noch etwas zu schienen gebe, dass ein fester Verband ausreiche und dass eigentlich alles wieder gut werden müsse. Er legte ihm den Verband an und forderte ihn auf, sich in drei Tagen wieder sehen zu lassen. Der Empfang werde ihm eine Taxe rufen.

Der alte Chef, der ihn zum Krankenhaus gefahren hatte, fuhr ihn auch wieder nach Hause. Sie redeten über ihre Kinder. Es wurde hell, und als er ausstieg, lärmten die Vögel wie an dem Morgen, an dem er die Pfannkuchen gebacken hatte. Wie lange war das her? Drei Wochen?

17

Er ging in sein Arbeitszimmer und setzte sich an die Schreibmaschine. Auf ihr hatte er Briefe, Aufsätze und Bücher geschrieben, bis er eine Sekretärin bekam, der er diktieren konnte. Im Ruhestand hätte er sich an den Computer gewöhnen sollen. Aber lieber hatte er seine alte Sekretärin gebeten oder das Schreiben eingestellt.

Das Schreiben auf der Maschine war ungewohnt, und beim Schreiben ohne rechte Hand war er besonders ungeschickt. Er musste mit dem Zeigefinger Buchstaben um Buchstaben suchen.

»Ich kann nicht ohne Dich. Nicht wegen der Wäsche; ich wasche, trockne und falte sie. Nicht wegen des Essens; ich kaufe es ein und bereite es zu. Ich putze im Haus und gieße den Garten.

Ich kann ohne Dich nicht, weil ohne Dich alles nichts ist. Bei allem, was ich in meinem Leben gemacht habe, habe ich daraus gelebt, dass ich Dich hatte. Hätte ich Dich nicht gehabt, hätte ich nichts zustande gebracht. Seit ich Dich nicht habe, bin ich mehr und mehr und schließlich völlig verkommen. Zum Glück hatte ich einen Unfall und bin zu Sinnen gekommen.

Es tut mir leid, dass ich Dir nicht alles über meine Lage gesagt habe. Dass ich alleine geplant habe, wie ich mit dem Leben Schluss mache. Dass ich alleine entscheiden wollte, wann ich das Leben nicht mehr aushalte.

Du kennst die Kassette, die ich von Vater geerbt habe. Ich werde die Flasche in die Kassette schließen und die Kassette in den Kühlschrank stellen. Den Schlüssel findest Du in diesem Brief; so kann ich nichts ohne Dich entscheiden. Wenn es nicht mehr geht, entscheiden wir gemeinsam, dass es nicht mehr geht. Ich liebe Dich.«

Er schloss die Flasche in die Kassette, stellte die Kassette in den Kühlschrank, steckte den Schlüssel mit dem Brief in den Umschlag und adressierte ihn an die gemeinsame Wohnung in der Stadt. Er passte den Briefträger ab und gab ihm den Umschlag mit.

Kaum war der Briefträger gegangen, kamen ihm Zweifel. Sein Leben, sein Tod in ihrer Hand? Was, wenn sie den Brief nicht bekam, nicht öffnete, nicht mochte? Er hätte gerne noch mal gelesen, was er geschrieben hatte, hatte aber keinen Durchschlag gemacht. Immerhin gab es eine fast fertige Fassung, die er wegen zu vieler Fehler weggeworfen hatte. Er musste sie im Papierkorb finden.

Als er vor seinem Schreibtisch stand, sah er in der offenen Schublade einen Schlüssel. Er nahm ihn heraus. Er hatte vergessen, dass es einen zweiten Schlüssel zur Kassette gab. Er lachte und steckte ihn ein.

Er legte sich in seinem Arbeitszimmer aufs Sofa und schlief den Schlaf, den er in der Nacht nicht geschlafen hatte. Als ihn nach zwei Stunden der Schmerz in der Hand weckte, ging er an den See und setzte sich auf die Bank. Wenn sie nicht verreist war, würde sie den Brief morgen haben. Wenn sie verreist war, könnte es Tage dauern.

Er stand auf, holte den Schlüssel aus der Tasche und warf ihn, so weit er mit der linken Hand konnte. Der Schlüssel blitzte im Licht der Sonne, blitzte auch noch, als er ins Wasser sank. Ein paar kleine Wellen kreisten um die Stelle. Dann war der See wieder glatt.

Kurt Tucholsky

Wandertage in Südfrankreich

Dass man den lieben Herrgott um seine Jahreszeiten betrügen kann –!

Bestimmt schickt jetzt in Berlin Herr Prokurist Protzekuchen zum Wirt hinunter und lässt fragen: wann er denn nun endlich und ob er denn nun nicht endlich zu heizen gedächte – es sei immerhin November! Hier, vor Toulon, ist es Sommer.

Allerdings eine eigene Art von Sommer. Die Sonne scheint den ganzen Tag schräg, und am Nachmittag gegen fünf Uhr gibt sie es auf, dann wird es lila, dann hellblau, dann dunkelblau – und dann ist es aus. Aber am Vormittag brät man auf dem kleinen Strändchen, das die zwei Inseln miteinander verbindet, und spielt: Badeleben. Ich und noch fünf andere.

Das hier heißt Les Sablettes und liegt vor Toulon, wo die großen, grauen Kriegsschiffe liegen. Toulon, wo Farrères *Petites Alliées* spielen, dieses amüsante Buch von den Schiffsoffizieren und ihren kleinen Freundinnen, Toulon ist eine freundliche Stadt mit ein paar wunderschönen alten und krummen Gassen, einem winzigen, überdachten Fischmarkt, Kirchen, in Häuser eingemummelt... Auch die alte Stadtmauer ist noch da, nur ist die Stadt – wie alle alten Städte – aus den Fortifikationen herausgequollen, weil sie ihr zu eng geworden sind. Aber wir drehen Toulon den ganzen Tag über den Rücken – denn was ist Toulon gegen diese Sonne!

Sie wärmt. Sie strahlt. Sie vergoldet die Bucht und macht das Wasser blau, weil sich der Himmel darin spiegelt, der rein ist von Wolken. Lange habe ich nach einem solchen stillen Ort gesucht. Die tripots an der Mittelländischen Küste, wo sie am feinsten ist, sind noch leer; und ich habe noch nicht heraus, was mir unangenehmer ist: Nizza, wenn es voll ist, oder Cannes, wenn es leer ist. Westlich davon war Sanary-sur-Mer und Bendol – kleine Nester, aber sie waren nicht das richtige. Diese ganze Küste hat nur einen Fehler: Längs des Meeres führt die große Automobilstraße von Marseille bis nach Nizza, und aus ist's mit Ruhe, Abgeschiedenheit und Stille, die nichts hören und nichts sehen und nichts riechen will. Hier in Les Sablettes liegt der Strand, durch die Badeanstalt und die Mauern des Parks abgetrennt von der Straße; sie wird noch nicht allzu oft befahren.

Überall lungern Hunde herum und Katzen. Es sind sehr feine Herrschaften dabei. In Sanary lag ein

Hund quer über die Straße gestreckt, offenbar der pensionierte Angestellte einer Schlächterei. Er stand nicht einmal auf, als das Postauto herangebummert kam – er sah kaum auf. Der Chauffeur fuhr auch brav um ihn herum. (Was folgt daraus über das Verhältnis romanischer Völker zu den Haustieren sowie … Gar nichts.)

In Les Sablettes muss einmal etwas anderes gewesen sein als ein Hotel. Eine Tür steht halb auf, unter der Lackschicht lese ich im Sonnenlicht: Chef Médecin. Ein Hospital? Ein Hospital im Kriege. Draußen, auf der Terrasse, da, wo der warme Wind über die Palmen streicht, die man gepflanzt hat, und über die Bäume, die dort wachsen, da haben sie gelegen, die Rekonvaleszenten: Lagerstatt an Lagerstatt. Engländer. Als Soldaten verkleidete Engländer. Nach einem Fußballspiel um Menschenköpfe.

Und eines Morgens, als ich an den kleinen Strand hinuntergehe, ist die Bucht und das Meer und der Strand und der ganze Tag verzaubert. Der Mistral weht. Er hat den Himmel reingefegt, silberne Konturen gesetzt, vielleicht wirbelt er weiter drinnen im Lande die Staubwolken zusammen – hier ist die Luft glasklar, das Ferne ist nah, alle Häuser am Meer leuchten, der Wind ist Champagner, eine Art frischer Wärme, die Natur aus flammend blauem Stahl. Die Lungen atmen tief.

Manchmal zieht am Horizont ein großes Schiff vorbei auf seiner Seeroute von Marseille nach dem Suezkanal, nach China – das gibt dann für die alte Engländerin am Nebentisch unerschöpfliche Gesprächsthemen. Sie ist ganz aufgeregt über das Schiff, überhaupt über Schiffe, sie kürzt sogar ihr ewiges Wettergespräch aus dem großen Plötz um einige Feuchtigkeitsgrade ab. Sie spricht eine Art Französisch … aber es hilft alles nichts – es ist ja doch Englisch. Ja, gnädige Frau, es ist ein großes Schiff! Nein, gnädige Frau, heute werden die Passagiere keine stürmische Fahrt haben. Augenscheinlich … gewiss, gnädige Frau … !

Untrügliches Merkmal für gute Erholung: Die Tage fangen an zu laufen. Ein ängstlicher Blick auf den Kalender sagt jeden Tag: Es ist Zeit! Es ist hohe Zeit! Die Provence wartet und die *Weltbühne* auch. Aber noch einen Tag – noch einen einzigen – und noch einen – es ist zu heiter und sonnig und warm.

Zwischen Les Sablettes und Toulon liegt La Seyne, ein kleiner Hafenort. Sein Häfchen sieht aus wie ein Enkel von Marseille – auch hier die kleinen Häuschen, die unmittelbar um das Hafenbassin herumstehen, ganz nahe. Am Sonntag spielen alle Männer Boules; wie die Spielregeln sind, weiß ich nicht – aber es scheint Haupterfordernis zu sein, dass man sich dazu wie beim Kegeln die Jacke auszieht. Und alle haben so weiße Hemdsärmel. (Das kommt daher, weil das Spiel hauptsächlich sonntags gespielt wird.) Wie beim deutschen Kegeln? Aber ich sehe an keiner Stelle, dass dabei getrunken wird. Neulich haben sie versucht, die Boules in einen richtigen Sport zu verwandeln. Turnier, Preise, Schiedsgericht, Zeitschriften, ›Wie man ein Champion der Boules wird‹ … Für diesen Stumpfsinn ist das Spiel sicherlich zu schade; fällt es erst einmal dem Sport in die Finger, so hört es auf, ein Sonntagsspiel zu sein. Es wird sich dann mehr um ›Spitzenleistungen‹ handeln. Weil aber diese Südfranzosen gar nicht so große Sehnsucht haben, sich in tausend Organisationen und Gruppen zusammenzuschließen, bei denen der gesellschaftliche Vorgang des Zusammenschlusses mit seinen Komplikationen die Hauptsache und der Stoff Nebensache ist, und weil sie ihre kleine Sehnsucht danach anderswo befriedigen, wird es wohl so bald keinen ›Boules-Sport‹ geben.

Ist es schon Herbst –? Die Luft sagt: Nein. Aber eine Partie Bäume ist da, die feiert, weil sie orthodox ist und nicht von der südlichen Gegend, Herbst: Ihr helles Braun und flammendes Gelb stehen gegen den leuchtend blauen Himmel. Ewig stumpfgrün, stehen die silbrigen Olivenbäume dabei und spielen den Herbst nicht mit. Es ist Sommer. Mitten im November ist Sommer! Man kann also um den Herbst herumkommen. Das ist keine ›Entdeckung‹. Was könnte man denn auch heute noch auf der weiten Welt entdecken? Aber so scharf habe ich noch nie gewusst, dass man sich warme Jahreszeiten kaufen kann. Gletscher im heißen Sommer und warme Küsten im Herbst und weiche Luft im Winter – wem gehören die –?

Aber nun jagt mir der Kalender einen Schreck ein, und ich fahre ab.

Die große Eisenbahnlinie an der französischen Südküste hat streckenweise einen kleinen Konkurrenten – dieser Konkurrent fährt von Toulon aus näher am Wasser entlang. Hin zu ihr! Die Bahn ruckelt davon.

Die Küste wird immer schöner, je weiter man ostwärts kommt. In geschwungenem Bogen schäumt das blaue Wasser um bebuschte Felsen, um kahle Steine, in flache Buchten. Einmal weht der Wind vom Lande her, er rauht die glatte Wasserfläche auf, dass sie stäubt – die Wellen sind ganz klein, Embryowellchen …

St. Tropez steht auf allen Karten als Winterkurort aufgemalt. Bei aller Liebe – aber dann schon lieber Neuruppin! Es ist dunkel, als ich ankomme – der Wind durchheult den Ort, stößt sich an den Häuserkanten wund und heult noch mehr … Dunkel sind die Gassen, ein Betrunkener durchschimpft sie, aus einem braunen Hause hört man einen Zank … Die Laternen brennen trübe. Am Hafen liegt ein Gewirr von Tauen und Segelleinwand, überall drücken sich Männer herum, es ist schmutzig und dürftig.

Am Morgen sieht es schon besser aus. Vor der kleinen Stadt liegt auf einem Hügel die alte Zitadelle – jetzt erholen sich dort skrofulöse Kinder. Ich klettere die Anhöhe hinauf. Ringmauer, Festungstor und dicke Wälle – dahinter bleiche Kindergesichter, dünne Ärmchen, ein kleines Mädchen auf Krücken. Sie zeigen mir den Hof und die ganze Befestigung. Sie warten, dass ich aus dem Hof hinausgehe – da gibt es doch nichts zu sehen. Ich kann mich nicht losreißen. Welches Wunder, immer wieder: Burg- und Klosterhof! Wie die Wände einschließen und zurückwerfen! Wie man immer wieder sich und seine Welt vor Augen hat! Wie geschlossen alles ist! Hier kann man nachdenken; hier ist man geborgen, hat Distanz zu den andern, die draußen sind und nicht hereinkommen dürfen. Oben leuchtet der Himmel in die Hofstille. Und ganz oben auf der Plattform, wo die dicken Türme stehen, hat man einen Rundblick über Meer und Land. Drüben liegt Sainte-Maxime.

Das ist ein ander Ding. Durch die Berge vor dem

Mistral sanft geschützt, sehr sauber und adrett und freundlich. Unten am Hafen ein kleiner Quai mit überdachten Gaststätten und Segelbooten, die im Wasser schwanken.

Auch hier ist noch Sommer, tagsüber strahlender, warmer, im Winde nadelduftender Sommer. Es ist wenig Laubwald da – der Wald liegt hoch – immer sieht man das Meer. Unten wohnt Victor Margueritte, der Mann der *Garçonne* – wir erzählen uns etwas, und er zeigt mir sein ganzes Besitztum: vom Strand aus reichts bis oben zu einer kleinen Anhöhe, wo er sich ein winziges Belvedere, eine neue Ruine, gebaut hat. Ich bekomme Nusswein zu trinken und seine Frau zeigt eine Übersetzung von Rilkes *Malte Laurids Brigge,* die sie zärtlich liebt. Er spricht über Deutschland. Auf seinem Arbeitstisch liegen die historischen Quellenwerke des deutschen Zusammenbruchs, Material für ein neues Buch, *Les Criminels* wird das heißen. Er ist voll guten Glaubens, hofft zuversichtlich auf die deutsche Demokratie und zeigt sich als ein Mann von umfassender Bildung und Geschmack. Um ihn herum stehen und hängen gute Sachen: auch ein paar lustige bunte Bilder von Kießling, der im Sommer drüben in St. Tropez malt.

Heute ist Sonntag, es muss etwas geschehen. Es geschieht, dass ich unten am Quaiwasser in dem kleinen Restaurant esse. Die Sonne brennt auf das buntgestreifte Dach, die kleinen Hunde bellen herum und betteln, manche Leute sitzen an Tischen mitten auf dem freien Platz unter den Palmen, alle sind beim Kaffee, munter-träge. Manchmal fährt ein Automobil vorbei und lädt ein Rudel lärmender und lachender Menschen ab. Es ist so warm, beinahe heiß ... Hautes-Sauternes ist ein schwerer Wein, wenn man ihn mittags trinkt. Man wird müde danach. Ans Klavier des Saales drinnen im Haus hat sich ein junger hübscher Bursch gesetzt, im gestreiften Hemd der Cowboys, mit aufgekrempelten Ärmeln. Er spielt nicht laut. Er spielt, was man weder von ihm noch hier erwarten sollte: ganz moderne Musik. Puccini wirkt in der Melange wie ein Gassenhauer. Er holt aus dem alten Restaurationskasten, auf dem nachmittags eine Jazzband rackert, die gleitenden Nuancen der neuen Musiker heraus, keine Melodie, kaum Ansätze dazu. Wie kompliziert diese Freude ist! Aber diese Musik ist wahrer als Waldesrauschen und Symphonieroutine. Die Töne plätschern über den kleinen Platz, ein paar Leute klatschen gedämpft. Der junge Mann lächelt und spielt weiter, für sich allein. Alles ist getaucht in Musik, Sonne und eine mittägliche Schläfrigkeit.

Sonnig sind die Tage und so schön – wie mag das in den Bergen aussehen?

Plan-la-Tour liegt ein paar Kilometer entfernt

vom Meer – das ist der erste Ort, den ich durchwandere. Es ist Montag, gestern war Totensonntag, alle Arbeiter machen noch einen so, wie soll ich sagen, ergriffenen Eindruck. Die Wirtin hat auch kaum etwas zu essen, aber dreihunderttausend Fliegen und alle minderbemittelten Hunde des Dorfes zu Gast. Wir essen, Fliegen, Hunde und ich, essen alle eine Kleinigkeit, ich bezahle, und dann geht es in die Berge. Oben auf den Höhen läuft ein Weg, an dem noch gebaut wird. Erst ist er glatt und fahrbar, dann nur gangbar, dann wird er steinig und steiniger, holprig und mündet schließlich in die Holzpantinen der Arbeiter, die da hacken, man muss durch Geröll und Steinbrocken hindurch. Die Sonne sticht. Ich bleibe stehen und sehe mich um.

Da liegen die Täler. Menschenleer, kein Dorf ist zu sehen, manchmal ein Gehöft. Und endlich, endlich ist hier das, was ich so lange und so vergeblich gesucht habe: Stille. Hier ist es still. Die Uhr hört man ticken. Wohlig lassen die Nerven nach und entspannen sich. Welche Wohltat! Wie hatte neulich Willibald Krains kleiner Proletarierjunge im Walde der Ferienkolonie gesagt? »Ach, Frollein, hier riecht et so scheen – nach jahnischt!« Glück, sagt schon der Weise, ist etwas Negatives. Vollkommene Stille ringsum. Und ich bin so glücklich-dankbar für das, was nicht da ist.

Und denke so im Weitergehen nach: Was haben sie mit uns in den letzten zehn Jahren gemacht! Wie zerrauft! Wie ausgeschlossen von aller Welt! Wie zerprügelt! Wie abgestumpft! Und wofür –? Alles, damit am Wannsee und in Dahlem neue Herren einziehen konnten, wahre Gewinner des Mordes, Plusmacher aus einem allgemeinen Defizit … Es ist nicht schön, zurückzublicken – aber vergessen ist so schwer. Und es ist sehr, sehr schwer, sich wieder in den Zustand des alten Glücks einzufühlen, wenn man einmal den Boden unter sich hat schwanken fühlen. Es ist da etwas geschehen, was nicht mehr ausgelöscht werden kann, für uns wenigstens nicht. Die Welt hat übrigens schon vergessen.

Sacht geht der Weg hinab. Und während ich so ausschreite, singe ich laut und kräftig unsere guten alten deutschen Marsch- und Wanderlieder, und die französischen Kiefern und Tannen bewegen erstaunt die Köpfe, haben sie doch noch nie so markige … Nein, das ist aus einem Leitfaden für einen Reichswehrunterricht. Oder aus einem republikanischen Lesebuch.

In La Garde-Freinet haben sie offenbar die ganze Stadt in Salz verzaubert. Die Fensterläden sind alle zugeklebt, die Straßen sind leer, meine Tritte klappen. Vor mir wackelt ein Hund, ein runder, fetter, mit langen Wollfäden bekleideter Hund, ein Prachtexemplar von einem Hund. Es ist ein älterer Herr, vom Leben gereift und zu gar keinen Späßen mehr aufgelegt. Er geht so fürbass, dreht nicht einmal den Kopf, als ich ihm einen guten Tag wünsche. Er wünscht dergleichen nicht. Der würdige Greis stellt sich schließlich vor eine Haustür und bellt. Total heiser, um drei Töne zu tief und im letzten Winkel seiner Magengrube um irgendetwas tief gekränkt und schwer beleidigt. Dann rollt er ins Haus.

Bewohner hat diese Stadt nicht. Aber ein Automobil kann man mieten. Eine halbe Stunde später trudelt der alte Wagen (Ford Nummer 1) aus dem Städtchen, die glatte, absteigende Chaussee hinunter. Das Auto war redlich verdient: Achtundzwanzig Kilometer sind genug für einen beleibten Herrn.

In Grimbaud hält der Mann. Es ist schon halb dunkel – aber man kann noch alles sehen. Ich klettere durch die winzig kleine Stadt, auf die Burg.

Das ist eine wahrhafte Ruine –! So eine, wie sie immer auf den Bildern in den alten Schweizer Hotels abgemalt ist, und vor denen man sich vergeblich fragt, wo in aller Welt denn solche pittoresken Ruinen vorkämen. Das ist sie. Ich stapfe in den Trümmern herum und sehe ins Tal. Unser Zeitalter liebt keine Ruinen. Heiße ich Herr Biedermeier –? Also. Aber hübsch ist's doch.

Wir fahren ab, die Scheinwerfer sind schon angezündet. Immer, wenn uns ein anderer Wagen entgegenkommt, blinzeln sich die Autos an, beide Chauffeure blenden die Lichter ab, es ist wie ein Gruß im Dunkel. Durch die schwärzlich verhüllten Straßen rollt der Wagen. Ich bin müde.

(»Sagen Sie mal – apropos: Ich meine … so … mit den Weibern … Die Französinnen sollen ja dolle Nummern sein!« Hm. »Erzählen Sie mal!« Ja, also in Toulon, in einem … puschpuschpuschpusch … »Ah! Wirklich! Hat sie ganz einfach …? Großartig! Faaabelhaft!« Das möchte Ihnen so passen, Sie altes Ferkel! Kein Wort wahr! »Schade. Man hört's doch immer wieder gern.«)

Über eine Bahnstrecke springen die Räder, eine weiße Frau taucht am Wege auf, mit einem Kinderwagen … dann bin ich zu Hause. Noch einen Tabak … Alle Sterne blitzen und der Mond auf dem Meer. Man sieht noch das regelmäßige verlöschende Blinkfeuer am Horizont und einen stillen weißstrahlenden Leuchtturm, milchigen Schein auf dem Wasser, Glitzern, den hauchigen Glanz am Himmel – dann gar nichts mehr.

Tim Krohn

Wie Zugvögel

Ihr Haus lag fern der Landstraße inmitten von Kornfeldern, umgeben von einzelnen Birken und Weiden und einem Stückchen Rasen – es lag noch schöner, als die Frau es sich ausgemalt hatte. Die ersten Wochen vergingen im Flug. Sie schliefen, bis die Hitze sie aus dem Bett trieb, und während er duschte oder Kaffee kochte, stand sie im oberen Stock über das Fenstersims gebeugt und betrachtete entzückt die Felder, in die der Wind und streunende Tiere über Nacht stets neue Muster zeichneten. Danach frühstückten sie, vor dem Haus unter einem verblichenen Sonnenschirm sitzend, und lasen die Zeitung, so wurde es Nachmittag. Zu ihrem Städtchen gehörte ein Strandbad an einem Baggersee, in dem sie fast täglich schwammen (sie hatten sich Fahrräder und Federballschläger gekauft und rannten wie Halbwüchsige über die Wiesen). Gegen Abend machten sie Besorgungen, und er kochte (gelegentlich gingen sie auch essen, doch immer seltener, denn das Einzige, was sie vermissten, war ein gutes Restaurant), sahen fern oder spielten Karten. Und oft, zu jeder Tageszeit, schliefen sie miteinander. Ausgetrocknet von der Sonne; mit erhitzter, nach frischen Brötchen duftender Haut und schweißgenässtem Haar warfen sie sich aufeinander, lachten auch hierbei viel und rangen miteinander wie junge Hunde.

Es war ein ungewöhnlich schöner Sommer, selbst die Zeitungen schrieben davon. Einzelne Gewitter brachten gerade genug Regen, dass auch die Bauern zufrieden waren, und oft, wenn sie abends im Mondlicht bei einem Glas Campari auf den Stufen vor dem Haus saßen, sagte er staunend: »Wir haben wirklich ein unverschämtes Glück!« Sie fasste seine Hand und schwieg. Doch selig stellte sie fest, dass sie erstmals keine Sehnsucht fühlte, wenn sie die Flugzeuge betrachtete, die hoch über ihnen mit blinkenden Lichtern fremde Städte anflogen.

Dann allerdings wurde das Korn eingefahren. Einige Stunden lang ratterten mit entsetzlichem Lärm Erntemaschinen ums Haus, der Einsatzleiter stand breitbeinig im Feld und schrie den polnischen Arbeitern Befehle in ihre Kabinen empor, dann sprang er auf einen der Traktore auf, baumelte lässig mit einem Fuß im Leeren und ließ sich über die zu Furchen gepresste Erde, die so grob geschoren aussah wie der Schädel eines Gefangenen, zur nächsten Einsatzzone fahren.

So war von einem Tag zum anderen der Sommer wie erschlagen. Krähen suchten noch einige Zeit zwischen den Stoppeln nach verlorenen Ähren, wie greise Hunde torkelten sie wieder und wieder dieselben Wege entlang, um kein Korn zu übersehen, dann erhoben auch sie sich und zogen mit schwerem Flügelschlag den Erntehelfern nach westwärts. Allein die Frau stand weiterhin jeden Morgen am Fenster. Während er unten ungerührt Speck anbriet und Milch aufschlug, musterte sie den Himmel, der mit jedem Tag bleicher wurde, suchte vergeblich nach kleinen Zeichen, dass vielleicht der Sommer wiederkehre, und kämpfte gegen das Unglück, das sich in ihr breitmachte.

Eines Tages, während sie in Strickjacken vor dem Haus saßen und kaum die Zeitung im Wind halten konnten, warf schließlich die Frau den Bund zu Boden, in dem sie gelesen hatte, zog stumm die Knie unters Kinn, umschlang sie mit ihren langen Armen und starrte ins Leere.

»Was ist?«, fragte er endlich und ordnete die Zeitung.

»Nichts«, sagte sie.

»Du bist unglücklich.«

»Unsinn.«

»Du bereust, dass wir aufs Land gezogen sind.«

»Unsinn«, sagte sie nochmals und stand auf, um das Geschirr in die Küche zu tragen.

Als er Sonnenschirm, Tischtuch und Sitzkissen ins Haus brachte, war sie bereits beim Abwasch. Sie sah erst auf, als sie bemerkte, dass er das Geschirrtuch genommen hatte und darauf wartete abzutrocknen, blies sich eine Strähne aus der Stirn, nahm ihm das Tuch ab, trocknete damit die Hände und schob ihn kurzerhand aus der Küche.

»Pump lieber mein Fahrrad auf«, sagte sie, »ich will heute noch zum Friseur.«

»Sag *bitte!*« Er stemmte sich ihr entgegen und versuchte, sie zu küssen.

»Einen Dreck tue ich«, erwiderte sie lachend und rammte ihm die Ellbogen in die Brust.

»*Bitte* sagen oder küssen«, beharrte er, er bog ihre Arme zur Seite und drängte wieder in die Küche. Erst als sie mit durchgebogenem Kreuz über dem Ausguss stand und sich der Spülstein schmerzhaft an ihr Steißbein presste, küsste sie ihn widerstrebend auf den Mund. »Mehr kriegst du nicht«, sagte sie atemlos, »dein Löchern vorhin hat mich wütend gemacht.«

»Ach ja?« Der Mann feixte. »Ich kann dich noch ganz anders löchern«, sagte er und ging pfeifend in den Garten. Er hatte bereits die Ventile ihres Fahrrads geöffnet und es vollends platt gemacht, als sie ihm schimpfend nachrannte. Sie schlug ihn mit dem feuchten Geschirrtuch, dann stieß sie ihn ins Gras und küsste ihn grob und gierig, bis er sich ergab.

»Sag es«, forderte sie.

»*Ich ergebe mich*«, rief er lachend.

»Das andere.«

»Welches andere?« Dann sagte er aufs Geratewohl: »Ich werde auch dein Fahrrad wieder aufpumpen.«

Sie schlug ihn. »Das andere!«, rief sie erbost.

»Ach das«, sagte er betont gleichgültig. »*Ich liebe dich.*«

Sie war noch nicht zufrieden. »Sag: *Ich liebe dich wie mein Leben*«, verlangte sie und schlug ihn.

»*Ich liebe dich wie mein Leben*«, wiederholte er folgsam, während er dachte, dass sie ihm vollkommen gleichgültig war. Doch schon im nächsten Augenblick durchwallte ihn eine fast glühende Zärtlichkeit. Stumm vor Erstaunen betrachtete er ihre hellen, geweiteten Augen. Die Grobheit, mit der sie ihn niedergedrückt hielt, die fast panische Unerbittlichkeit, der vor Anstrengung fliegende Atem, die schweißbeperlte Oberlippe, all das rührte ihn plötzlich sehr. »Ich liebe dich«, flüsterte er, »ich liebe dich mehr als mein Leben.« Danach schlief er mit ihr auf diesem Bett von Löwenzahn und Gänseblümchen, so sanft und so ernst wie zu der Zeit, als der Traum, alle Brücken abzubrechen und nichts zu haben als dieses Häuschen und ihre Liebe, ihnen noch Herzklopfen verursacht hatte.

Wenn auch der Sommer vorüber war, ließ sich der Herbst doch Zeit. Kühle, mit dem Geruch feuchter Erde getränkte Luft drängte von Westen her gegen das Haus (seit die Felder gemäht waren, stand es wie entblößt, von weither sichtbar, es schien der Straße plötzlich sehr nahe). Die Sonne blieb blass, oft verschwand sie für Tage hinter eintönig blassem Dunst; feiner englischer Regen fiel, versiegte und fiel wieder. Die Flugzeuge waren nur noch zu hören. Die Bäume verloren erste Blätter, die noch grün waren mit vereinzelten faulen Stellen, jeden Morgen klebten welche an Gartenmöbeln und Fensterscheiben.

Die Frau verbrachte die Tage vor dem Fernseher, sie sah sich Fernsehübertragungen sonderbarer amerikanischer Sportarten an, in den Nächten schlief sie eingerollt wie eine Katze oder an die Bettkante geklammert. Ab und zu überkamen sie Anfälle von Putzwut, gelegentlich versuchte sie auch zu kochen, das Resultat war aber jedes Mal enttäuschend, und ihre Enttäuschung entlud sich in ziellosen Wutattacken.

Weiterhin fiel Sprühregen, tiefe kraftlose Wolken zogen sich in Strähnen bis ins stoppelige Gras der Pferdeweiden hinab, das mehr und mehr der Frisur der jungen Männer dieser Gegend glich, die stumpfes, kurzgeschorenes Haar trugen mit Nackenfransen, die am Kragen aufstießen. Unmerklich verabschiedete sich jeder Tag, es gab kein herrisches Hereinbrechen der Nacht mehr, nur ein kraftloses Nachlassen des Lichts, müdes Dahinwelken.

Sie stritten jetzt öfter aus nichtigem Anlass. Meist endete ihr Streit damit, dass sie etwas zerschlug – ein Stück Geschirr oder eines der Nippesfigürchen, die sie bei ihrer Ankunft im Haus vorgefunden hatten und die sie schon beim ersten Anblick zum Zerstören gereizt hatten – und er das Haus verließ. Als er nach einem solchen Streit vom Joggen kam, stand sie in der Küchentür, für einmal weder drohend noch gekränkt. Sie trug zwei dicke, eilig geflochtene Zöpfe und eine Schürze, ihre Augen waren verweint, und mit kindlichem Schmollmund, der ihrem Vorwurf alle Schärfe nahm, sagte sie: »Ich hatte plötzlich furchtbare Angst um dich.« Kurz hängte sie sich sogar an ihn, doch gleich flossen wieder Tränen, die sie nicht dulden wollte und die sie mit dem Schürzenzipfel fortwischte, fast wie man eine Fliege fortjagt.

»Noch nie in meinem Leben habe ich so viel geweint wie mit dir«, stellte sie fest, während sie ihn auf einen Stuhl zwang und die Schürze auszog, um ihm damit das regennasse Haar zu trocknen. Der Mann wunderte sich, nie hatte er auch nur eine Spur von Tränen an ihr bemerkt. Doch ehe er nachfragen konnte, befahl sie ihm, sich auszuziehen, und war schon in den oberen Stock geeilt – sie nahm wie immer zwei Stufen auf einmal –, um ihm einen trockenen Pullover zu holen. »Bleib sitzen«, rief sie herrisch, »Frauchen hat gekocht!«

Seit diesem Abend herrschte zwischen ihnen eine Verbundenheit, die nichts mehr gemein hatte mit der fröhlichen Verliebtheit des Sommers. Sie waren Komplizen dem Schicksal gegenüber geworden, darin lag Trauer und Zärtlichkeit, aber keine Leidenschaft. Nachdem sie zu Bett gegangen waren, wollte er mit ihr schlafen, um die Einsamkeit hinauszuschieben, die sich wie eine Decke über sie legte, sobald sie schwiegen. Doch die Frau schob seine Hände von sich. »Ich kann heute nicht«, sagte sie und streichelte nur zerstreut sein Gesicht.

»Weil wir uns gestritten haben?«

»Vielleicht«, sagte sie fahrig, »ich weiß es nicht.« Gleich darauf drehte sie sich zur Seite, ballte die Finger zu Fäusten, wie sie es immer tat, und schlief ein.

Am anderen Morgen verabschiedeten sie sich wie ein langjähriges Ehepaar: Sie küsste ihn flüchtig auf die Wange, sie tauschten einen warmen, vielleicht auch traurigen Blick, dann setzte die Frau sich ins Auto (es stotterte etwas, sie hatten es seit ihrer Ankunft nicht benutzt), um ohne ihn ins Städtchen zu fahren. Nichtsdestotrotz hatte der Tag etwas Leichtes, fast Beschwingtes, denn im Morgengrauen war innerhalb von Stunden der Herbst über die Gegend hereingebrochen mit roher, erfrischender Gewalt. Für einige Minuten hatte ein Hagelsturm getobt, hatte Blätter und kleine Äste von Büschen und Bäumen geschlagen und die Wiesen niedergepresst, das genügte, damit die Natur kapitulierte. Der Himmel war seither nicht mehr gepflegt perlmuttweiß wie die Haartracht alter Damen, er blieb ein dicht wogendes, stellenweise fast kupferfarbenes Gemenge scharf umrissener Wolken von widerborstiger Zartheit. Das Gras lag mit fauligen, verklebten Spitzen niedergedrückt und verfilzte innert Stunden. Nur die Birken im Schatten des Hauses hatten dem Hagel standgehalten, doch im Verlauf des Morgens verfärbte auch ihr Laub sich. Satt und erfrischend fiel Regen, der eingesetzt hatte, kaum war der Hagelsturm verebbt, und als die Frau vor die Tür trat, reckte sie wie erlöst das Gesicht dem Himmel zu und fühlte, wie die kühlen Tropfen schwer auf ihre Haut aufschlugen.

Sie freute sich auf ihren Ausflug. Das Wetter gab ihr Grund, neue Kleider zu kaufen, danach wollte sie sich in ein Café setzen und zusehen, wie verhüllte Menschen, über ihre eigene ungebührliche Eile lachend, durch die Tür zwängten, sich entblätterten und samt ihren Regenmänteln, Hüten und Schirmen breit machten. Sie war jedoch kaum in die Straße eingebogen, als ihre Schläfen zu pochen begannen, heftiger Schwindel überfiel sie, sie musste den Wagen in ein Stoppelfeld steuern und hielt an. Schwer atmend saß sie einige Minuten über das Steuer gebeugt. Dann, als der Schwindel allmählich nachließ, lehnte sie sich zurück und betrachtete sich besorgt im Rückspiegel. Sie sah nichts Ungewöhnliches, ihr Gesicht war blass und vom Regen genässt, die Stirn fühlte sich kalt an, keinesfalls fiebrig, das einzig Besorgniserregende blieben die Fältchen um Augen und Mundwinkel, die sich allmählich häuften. Dann begriff sie, dass der Schwarm Graugänse, der dicht unter den Wolken südwärts gezogen war, sie in diesen Taumel versetzt hatte. Es war mehr ein Gefühl als ein Gedanke, das sie danach befiel – das sichere Gefühl, dass sie sterben würde, wenn sie nicht weiterzöge, dass hier um sie herum alles Leben erlöschen würde. Ein Winter hier, ein Winter mit *ihm* war der Tod, und alles andere als Flucht, als Flucht nach Süden, ins Neue, in ein neues Leben, war widernatürlich und gefährlich. Sie rang nach Atem, stützte die Stirn aufs Lenkrad und schloss die Augen, sie wollte nichts sehen, sie wollte nichts entscheiden müssen, sie fühlte das Pedal unter dem Fuß und wusste, es wäre so einfach, den Motor zu starten und dieser sterbenden Landschaft zu entfliehen. Doch als sie das Fenster öffnete, roch sie die nasse Erde, die Luft war klar wie frisch gewaschen, und während sie die nassen, widerspenstigen Halme im schmalen Graben zwischen Feld und Sträßchen betrachtete, dachte sie liebevoll an das Haar des Mannes, das ganz ähnlich verstrubbelt gewesen war, nachdem sie es mit ihrer Schürze getrocknet hatte. Dennnoch wurde es Nachmittag, bis sie den Zündungsschlüssel drehte, das Auto wendete und zum Haus zurückfuhr. Inzwischen war im Westen die Wolkendecke blau wie eine Stauchung, darunter dampften die Äcker, zwischen beidem klaffte ein kalkweißer Spalt, der schartig gezackt war wie die Öffnung einer Auster. Kurz – ehe die Weiden am Straßenrand die Sicht verstellten – glaubte die Frau, sie sehe dort vielfach verschleiert und blass wie eine Perle gar die Sonne. Sicher war sie nicht, doch sie beschloss, daran zu glauben. »Du bist mein Zeichen«, rief sie der Sonne zu und war mit einem Mal fast übermütig, »nun gib dir Mühe, und wehe, es wird nicht alles gut!«

Italo Calvino

Abenteuer eines Lesers

Die Küstenstraße verlief hoch oben über dem Kap; das Meer lag ringsum in der Tiefe, bis hin zum verschwommenen Horizont. Auch die Sonne war überall, als wären Himmel und Meer zwei Linsen, die sie vergrößerten. Unten rauschte das ruhige Wasser ohne Gischt gegen die bizarren Einschnitte der Felsen. Amedeo Oliva stieg eine steile Treppe hinab und trug sein Fahrrad auf dem Rücken. An einer schattigen Stelle ließ er es zurück, nachdem er es mit dem Speichenschloss gesichert hatte. Dann schritt er weiter die Stufen hinunter zwischen Einsturzstellen aus gelber, trockener Erde und Agaven, die im Leeren hingen, und seine Augen suchten bereits nach der bequemsten Falte im Felsen, wo er sich hinlegen könnte. Er hatte ein zusammengerolltes Handtuch unter dem Arm, in das die Badehose und ein Buch eingewickelt waren.

Das Kap war ein einsamer Ort. Nur wenige Grüppchen Badender tummelten sich im Wasser oder nahmen ein Sonnenbad, voreinander verborgen in den schluchtähnlichen Einschnitten der Felsen. Zwischen zwei Blöcken, die ihn vor den Blicken schützten, kleidete Amedeo sich aus, zog die Badehose an und begann, von Klippe zu Klippe zu setzen. So überquerte er mit Sprüngen seiner mageren Beine die Hälfte des Felsenriffs, wobei er manchmal dicht über die Nasen der halb versteckten Paare hinwegflog, die auf Frottiertüchern lagen. Das Massiv aus Sandstein mit poröser, unebener Oberfläche war überschritten, nun kamen glatte Felsen mit stumpfen Umrissen; Amedeo streifte die Sandalen ab, nahm sie in die Hand und lief barfuß weiter, mit der schlafwandlerischen Sicherheit dessen, der ein geübtes Auge für die Entfernung von einer Klippe zur anderen und unempfindliche Fußsohlen hat. Er erreichte eine Stelle, die steil aus dem Wasser aufragte, über die Felswand führte in halber Höhe eine Art Sims. Dort hielt Amedeo an. Auf den flachen Vorsprung legte er seine Kleidungsstücke, ordentlich zusammengefaltet, und darüber, mit der Sohle nach oben, die Sandalen, damit nicht ein Windstoß alles fortriss – zwar wehte nur ein schwacher Lufthauch vom Meer, aber es war bei ihm wohl eine gewohnte Vorsichtsmaßnahme. Der kleine Beutel, den er bei sich hatte, war ein Gummikissen; er blies es auf, legte es hin und breitete anschließend, auf einer Fläche, die vom Felsrand leicht abfiel, das Handtuch aus. Er warf sich mit dem Rücken darauf, und sofort öffneten seine Hände das Buch beim Lesezeichen. So lag er nun ausgestreckt auf dem Felsen, in der prallen Sonne, die von überall strahlte, mit uneingefetteter Haut – er war braungebrannt, doch ungleichmäßig, wie einer, der sich der Sonnenbestrahlung ohne Methode aussetzt, gegen Verbrennungen jedoch gefeit ist; sein Kopf, mit einer weißen Leinenmütze bedeckt, die er angefeuchtet hatte – denn er war auf eine niedrige Klippe hinuntergestiegen, um die Mütze ins Wasser zu tauchen –, ruhte auf dem Gummikissen, und nur die Augen – unsichtbar hinter der dunklen Brille – verfolgten auf den weißen und schwarzen Zeilen das Pferd Fabrizio del Dongos. Unter ihm gähnte eine kleine Bucht mit blaugrünem Wasser, das fast bis auf den Grund durchscheinend war. Die Klippen waren je nach ihrer Lage kalkig weiß oder mit Algen bedeckt. Ein kleiner Strand voller Kieselsteine wand sich im Hintergrund. Amedeo hob hin und wieder den Blick, betrachtete die sich darbietende Aussicht, ein Flimmern im Wasser oder den schrägen Lauf eines Krebses; dann kehrte er voll innerer Sammlung zu der Seite zurück, auf der Raskolnikow die Stufen zählte, die ihn noch von der Tür der Alten trennten, oder auf der Lucien de Rubempré die Türme und die Dächer der Conciergerie anschaute, bevor er den Kopf in die Schlinge steckte.

Seit einiger Zeit neigte Amedeo dazu, seine Teilnahme am aktiven Leben auf ein Minimum zu beschränken. Nicht, dass er die Tat an sich nicht liebte, im Gegenteil, sein ganzer Charakter und auch sein Geschmack waren von der Liebe zum Handeln bestimmt; trotzdem verringerte sich von Jahr zu Jahr sein Tatendrang, er wurde immer schwächer, bis sich Amedeo schließlich selbst fragte, ob er tatsächlich jemals von einer solchen Manie besessen gewesen sein konnte. Das Interesse an rühriger Aktivität lebte jedoch weiter in seinem Vergnügen, das er beim Lesen empfand; seine Passion waren Tatsachenerzählungen, die Geschichten, die Verwicklungen menschlicher Schicksale. Vor allem also Romane aus dem neunzehnten Jahrhundert, aber auch Memoiren und Biographien, und so weiter und so fort, bis hin zu den Kriminalschmökern und den utopischen Romanen, die er keineswegs verschmähte, die ihn jedoch weniger befriedigten, schon weil es dünnere Bände waren. Amedeo liebte die dicken Bände, und wenn er sie in Angriff nahm, dann tat er es mit dem physischen Vergnügen, mit dem man an eine schwere Arbeit geht. Sie in der Hand wägen, ihre Dichte, ihren Umfang, ihr Format genießerisch in Augenschein nehmen, ein wenig beklommen die Seitenzahl und die Länge der Kapitel abschätzen; dann hineinsteigen, ein wenig widerstrebend am Anfang, ohne den Willen, die erste Mühe zu überwinden, die erforderlich ist, um sich die Namen zu merken und den roten Faden der Handlung zu erfassen; dann, Vertrauen schöpfend, die Zeilen durcheilen, das Flechtwerk der einförmigen Seite bewältigen – und da erschienen hinter den Bleilettern auch schon der Rauch und das Feuer der Schlacht, die Kugel, die durch die Luft pfiff und vor den Füßen des Fürsten Andrei einschlug, und da auch der Laden, vollgestopft mit Stichen und Skulpturen, und mit Herzklopfen machte Frédéric Moreau seinen ersten Besuch bei den Arnoux. Hinter der Oberfläche der Buchseite betrat man eine Welt, in der das Leben intensiver war als hier, auf dieser Seite: Wie bei der Oberfläche des Meeres, die uns von jener blauen und grünen Welt trennt – Risse, so weit das Auge sehen kann, endlose Bereiche aus feinem, welligem Sand, Wesen, die halb Tier, halb Pflanze sind.

Die Sonne stach, die Klippe war glühend heiß, und bald fühlte Amedeo sich eins mit der Klippe. Er war am Ende des Kapitels angelangt, klappte das Buch zu, wobei er die Werbebeilage als Lesezeichen benutzte, setzte Leinenmütze und Brille ab, richtete sich halbbenommen auf und lief in langen Sätzen bis an den äußersten Rand des Felsens, wo zu jeder Tageszeit Kinder ins Wasser sprangen und wieder heraufkletterten. Amedeo baute sich auf einer Stufe auf, die senkrecht über dem Meer hing, keineswegs hoch, nur wenige Meter über dem Wasser, musterte mit noch geblendeten Augen die flimmernde Transparenz unter sich und stürzte sich dann resolut hinein. Sein Sprung war stets der gleiche, ein Hechtsprung, ziemlich korrekt, doch zeichnete er sich durch eine gewisse Steifheit aus. Der Übergang von der sonnenheißen Luft in das warme Wasser wäre kaum zu spüren, wenn er nicht so plötzlich gewesen wäre. Amedeo tauchte nicht gleich wieder auf, er liebte es, unter Wasser zu schwimmen, tief unten, mit dem Bauch beinahe am Grund, so lange der Atem reichte. Er fand Gefallen an physischer Anstrengung, an schwierigen Aufgaben; deshalb kam er auf das Kap, um sein Buch zu lesen, und bewältigte den Aufstieg mit dem Fahrrad, wobei er wie wild in der mittäglichen Sonne die Pedale trat. Wenn er unter Wasser schwamm, dann suchte er jedes Mal eine Klippenwand zu erreichen, die an einer bestimmten Stelle aus dem Sand des Meeresgrundes aufragte und mit einem dichten Seegrasflor bedeckt war. Er tauchte zwischen diesen Riffen auf, schwamm eine Weile im Kreise und begann methodisch zu kraulen, verbrauchte dabei jedoch unnötig viel Kraft; bald war er es müde, mit dem Gewicht unter Wasser wie ein Blinder umherzurudern, und ging zu einem freieren Armschlag über, zum Kraul;

die bessere Sicht verschaffte ihm mehr Befriedigung als die Bewegung, und kurz darauf begann er auf dem Rücken zu schwimmen, immer weniger gleichmäßig, mit immer längeren Pausen zwischen den Bewegungen, bis er schließlich ganz still hielt. So wälzte und drehte er sich in diesem uferlosen Bett, einmal setzte er sich das Ziel, eine Insel zu erreichen, ein andermal eine bestimmte Anzahl von Armschlägen auszuführen, und er fand keine Ruhe, bevor er diese Aufgabe erledigt hatte; eine Weile verharrte er träge, wandte sich wieder dem offenen Meer zu, von dem Wunsch beseelt, nichts weiter um sich zu haben als den Himmel und das Wasser, näherte sich dann den Riffen, die rings um das Kap verstreut waren, damit ihm ja keine der möglichen Schwimmrouten dieses kleinen Archipelagos entging. Doch als er so schwamm, merkte er, dass die Neugier, die jetzt in ihm die Oberhand gewann, jene war, zu erfahren, wie es – nehmen wir an – mit der Geschichte von Albertine weiterging. Würde Marcel sie wiederfinden? Er schwamm mit Ungestüm, oder aber er ließ sich treiben, doch sein Herz war zwischen den Seiten des Buches, das er am Strand zurückgelassen hatte. Nun war er mit kraftvollen, raschen Stößen an seiner Klippe angelangt, suchte die Stelle, an der er sich hinaufschwingen konnte, und da war er auch schon, fast ohne es zu merken, oben und rieb sich mit dem Frottierhandtuch den Rücken ab. Er setzte sich wieder die Leinenmütze auf den Kopf, legte sich in die Sonne und begann ein neues Kapitel zu lesen.

Er war kein hastiger, gieriger Leser. Er hatte ein Alter erreicht, in dem es mehr Vergnügen bereitet, ein Buch zum zweiten, dritten oder vierten Mal zu lesen als zum ersten Mal. Und doch hatte er noch viele Kontinente zu entdecken. Jeden Sommer kostete ihn das Packen des schweren Bücherkoffers vor der Abreise an die See die größte Mühe: Seinen Interessen und den Unterhaltungen gemäß, die er in den Monaten des Stadtlebens hatte, wählte Amedeo jedes Jahr bestimmte berühmte Bücher zu neuerlicher Lektüre aus und gewisse Autoren, die er zum ersten Mal lesen wollte. Und hier auf der Klippe verdaute er sie, verweilte sinnend über den Sätzen, blickte häufig von dem Buch auf, um zu überlegen, um die Gedanken zu sammeln. Plötzlich, als er wieder einmal aufschaute, bemerkte er, dass sich auf dem kleinen steinigen Strand unten an der Bucht eine Frau niedergelassen hatte.

Sie war braungebrannt, hager, nicht mehr jung, auch nicht besonders hübsch, aber es wirkte vorteilhaft, dass sie nackt war – sie hatte einen knapp sitzenden Bikini an, der an den Rändern obendrein umgeschlagen war, um so viel Sonne wie nur möglich heranzulassen –, und Amedeos Auge fühlte sich davon angezogen. Er merkte, dass er beim Lesen immer häufiger von dem Buch aufsah und in die Luft schaute, und diese Luft war eben jene, die sich zwischen ihm und der Frau befand. Ihr Gesicht – sie lag schräg am Ufer, auf einer Luftmatratze, und Amedeo sah bei jedem Aufzucken der Pupillen die nicht überaus üppigen, aber ebenmäßigen Beine, den wundervoll glatten Bauch, die Brust, die zwar spärlich war, aber nicht unangenehm spärlich, sondern wahrscheinlich nur ein wenig verblüht, auf den Schultern etwas zu viel Knochen, ebenso am Hals und an den Armen, und das Gesicht maskiert durch eine schwarze Brille und durch die Krempe des Strohhuts – ihr Gesicht also war leicht gezeichnet, lebhaft, wissend und ironisch. Amedeo versuchte, ihren Typ einzuordnen: Die unabhängige Frau, allein in der Sommerfrische, die den einsamen Felsenstrand den überlaufenen Anlagen vorzieht und sich mit dem größten Vergnügen von der Sonne schwarzbrennen lässt; er schätzte den Teil an träger Sensualität und chronischem Unbefriedigtsein in ihr ab, dachte flüchtig an die Möglichkeiten, die er für ein Abenteuer mit raschem Erfolg verhieß, verglich dies mit der Aussicht auf eine konventionelle Unterhaltung, ein Abendprogramm, erwog die Verpflegungsschwierigkeiten, die sich wahrscheinlich ergeben würden, die anstrengende Aufmerksamkeit, die eine neue Bekanntschaft immer erforderte, selbst wenn man sie nur oberflächlich schloss, und er begann weiterzulesen, überzeugt, dass diese Frau ihn wirklich nicht interessieren konnte.

Er hatte wohl schon zu lange an dieser Stelle des Felsens gelegen, oder aber jene hastigen Gedanken hatten in ihm eine Spur von Unruhe hinterlassen, jedenfalls fühlte er sich unbehaglich; die Unebenheiten der Klippe unter dem Handtuch, auf dem er sich ausgestreckt hatte, fingen an, ihm lästig zu werden. Er stand auf, um sich einen anderen Platz zu suchen. Einen Augenblick lang schwankte er zwischen zwei Stellen, die ihm gleichermaßen bequem schienen: einer, die weiter entfernt war von dem Strand, an dem sich die braune Signora sonnte – sogar hinter einem Felsvorsprung versteckt, der ihm völlig die Sicht nahm –, und einer anderen, die dichter daran war. Der Gedanke, näher heranzukommen, vielleicht durch einen unvorhergesehenen Umstand in ein Gespräch verwickelt zu werden und so die Lektüre unterbrechen zu müssen, ließ ihn sich sofort für den ersten Platz entscheiden; aber dann überlegte er, dass es wirklich so scheinen würde, als wollte er weglaufen, kaum dass diese Signora aufgetaucht war, und das könnte vielleicht als Unhöflichkeit gewertet werden. Er wählte also den zweiten

Platz; schließlich fesselte ihn die Lektüre ja so sehr, dass es gar nicht sicher war, ob der Anblick dieser Frau – die übrigens nicht einmal besonders hübsch wirkte – ihn ablenken könnte. Er legte sich auf die Seite und hielt das Buch so, dass die Sicht zu ihr hin verdeckt war, aber es ermüdete ihn, den Arm ständig in dieser Höhe zu halten, und so ließ er ihn sinken. Jetzt stieß sein Blick, der die Zeilen entlanghuschte, sobald er vorn beginnen musste, gleich hinter dem Seitenrand auf die Beine der einsamen Sommerfrischlerin. Auch sie hatte ihre Lage ein wenig verändert, um es sich bequem zu machen, und dass sie die Knie angehoben und die Beine gerade in Amedeos Richtung übereinandergeschlagen hatte, erlaubte ihm, gewisse Proportionen ihres Körpers, die keineswegs unerfreulich waren, genauer zu betrachten. Kurz, Amedeo hätte, obwohl eine Felsenklinge ihm in die Hüfte schnitt, keine bessere Position finden können. Das Vergnügen, das er beim Anblick der sonnengebräunten Signora empfand – ein Vergnügen am Rande, aber durchaus nicht zu verachten, und man konnte es genießen, ohne die geringste Mühe aufwenden zu müssen –, beeinträchtigte nicht das Vergnügen an der Lektüre, sondern ordnete sich ein in deren normalen Ablauf, so dass er jetzt sicher sein durfte, weiterlesen zu können, ohne die Versuchung, den Blick abzulenken.

Alles war still, ungehindert floss der Strom der Lektüre, dem die unbewegliche Landschaft als Rahmen diente, und die Signora war ein unerlässlicher Teil dieser Landschaft geworden. Amedeo hatte natürlich nur das eigene Vermögen, sich lange Zeit völlig reglos zu verhalten, in Betracht gezogen, nicht aber die Unruhe der Frau, die sich nun erhob und zwischen den Steinen hindurch ans Wasser ging. Sie war aufgestanden – so schloss Amedeo sofort –, um sich eine große Qualle von Nahem anzusehen, die eine Schar Knaben mit Rohrstöcken ans Ufer hob. Die braungebrannte Signora beugte sich über die Qualle und fragte die Jungen aus; ihre Beine staken in Holzsandaletten mit sehr hohen Absätzen, die für die Klippen wohl wenig geeignet waren; ihr Körper war, so wie ihn Amedeo jetzt sah – von hinten betrachtet –, der einer viel hübscheren und viel jüngeren Frau, als es vorher den Anschein hatte. Er überlegte, dass ihre Unterhaltung mit den Fischerjungen einem Mann, der auf ein Abenteuer ausging, eine ›klassische‹ Gelegenheit bot: Herantreten, selbst ein paar Worte über den Quallenfang zum Besten geben und so ein Gespräch anknüpfen. Gerade das, was er um nichts in der Welt tun würde!, fügte er im Stillen hinzu und vertiefte sich wieder in seine Lektüre. Gewiss, diese Verhaltensnorm hinderte ihn auch, eine natürliche Neugier bezüglich der Qualle zu befriedigen, die offenbar von ungewöhnlichem Umfang war und auch eine eigenartige Farbnuance zwischen Rosa und Lila aufwies. Dieses Interesse für Meerestiere war bei ihm keineswegs abwegig, es hing mit seiner Leseleidenschaft zusammen. In diesem Augenblick nun wurde seine Aufmerksamkeit für die Seite, die er las – einen langen, beschreibenden Absatz –, schwächer, kurz, es war widersinnig, dass er sich, allein wegen der Gefahr, im Gespräch mit der Sommerfrischlerin anzuknüpfen, auch solch spontaner und durchaus gerechtfertigter Impulse hingab wie der Zerstreuung, ein paar Minuten lang eine Qualle von Nahem zu betrachten. Er schlug das Buch beim Lesezeichen zu und erhob sich. Sein Entschluss hätte nicht stürmischer gefasst werden können, denn gerade in diesem Moment trennte sich die Dame von den Jungen und schickte sich an, auf ihre Luftmatratze zurückzukehren. Amedeo bemerkte dies, während er näher kam, und es drängte ihn, sofort etwas zu sagen. Er rief den Jungen also zu: »Vorsicht! Sie kann gefährlich werden!«

Die Jungen, die rings um das Tier hockten, blickten nicht einmal auf, sie bemühten sich noch immer, die Qualle mit den Rohrstöcken, die sie in den Händen hielten, anzuheben und umzudrehen. Die Signora aber wandte sich lebhaft um und ging wieder dem Ufer zu mit einer halb fragenden, halb entsetzten Miene: »Uh, wie schrecklich! Beißt sie?«

»Wenn man sie berührt, verbrennt sie die Haut«, erläuterte er und merkte, dass er nicht auf die Qualle, sondern auf die Sommerfrischlerin zuschritt, die sich wer weiß weshalb die Brust in einem unnötigen Schaudern mit den Armen bedeckte und die Qualle, dann wieder Amedeo verstohlen anblickte. Er beruhigte sie, und so hatten sie, wie vorauszusehen war, ein Gespräch angeknüpft; aber das tat nichts, Amedeo würde ja sofort zu seinem Buch zurückkehren, das auf ihn wartete; er wollte nur einen Blick auf die Qualle werfen, deshalb veranlasste er die braungebrannte Signora, wieder in den Kreis der Knaben zu treten. Jetzt schaute sie angewidert zu, die Fingerknöchel an den Zähnen, und plötzlich, als sie so Seite an Seite standen, berührten sich ihre Arme und zögerten eine Weile, bevor sie sich voneinander lösten. Amedeo begann darauf, über Quallen zu dozieren. Seine Kenntnisse in dieser Materie reichten zwar nicht weit, doch er hatte einige Bücher bekannter Sportfischer und Unterwasserforscher gelesen, so dass er unter Umgehung der niederen Fauna gleich auf den berühmten Teufelsrochen zu sprechen kam. Die Sommerfrischlerin hörte ihm gespannt zu und redete dann und wann dazwischen, aber immer etwas Unpassendes, wie das bei Frauen so ist. »Sehen Sie die rote Stelle, die ich am Arm habe? Es wird doch nicht etwa eine Qualle gewesen sein?« Amedeo tastete die Stelle dicht über dem Ellenbogen ab und verneinte. Die leichte Rötung rührte daher, dass sich die Signora beim Liegen darauf gestützt hatte.

Damit war alles zu Ende. Sie verabschiedeten sich, sie kehrte auf ihren Platz zurück, er auf den seinen, und er begann wieder zu lesen. Es war ein Intermezzo gewesen, das gerade die richtige Dauer gehabt hatte, nicht zu kurz und nicht zu lang, eine nicht unangenehme Kontaktaufnahme – die Signora war freundlich, zurückhaltend und gelehrig gewesen –, eben weil sie nur andeutungsweise war. Jetzt fand er in seinem Buch eine weit umfassendere und konkretere Beziehung zur Wirklichkeit, wo alles seinen Sinn, seine Wichtigkeit, seinen Rhythmus hatte. Amedeo fühlte sich in einer glänzenden Verfassung: Das bedruckte Papier öffnete ihm das wahre Leben, ein tiefgründiges Leben voller Leidenschaften, und wenn er aufschaute, dann fand er ein zwar zufälliges, aber fürs Auge wohltuendes Zusammenklingen von Farben und Empfindungen, eine periphere und dekorative Welt, die ihn zu nichts verpflichtete. Die braungebrannte Signora lächelte ihn von ihrer Matratze her an und winkte ihm zu, er antwortete mit einem Lächeln und einem Nicken und senkte wieder den Blick. Die Signora hatte jedoch etwas gesagt.

»Wie bitte?«

»Sie lesen wohl immer?«

»Nun…«

»Ist das so interessant?«

»Ja.«

»Dann viel Spaß!«

»Danke.«

Er durfte die Augen nicht mehr heben, zumindest nicht vor dem Kapitelende. Er las es in einem Atemzug. Die Signora hatte jetzt eine Zigarette im Mund und gab ihm Zeichen, auf die Zigarette deutend. Amedeo hatte den Eindruck, dass sie schon seit einer Weile bemüht war, seine Aufmerksamkeit auf sich zu lenken. »Wie bitte?«

»…Streichhölzer…«

»Leider nein, ich rauche nicht.«

Das Kapitel war zu Ende, Amedeo überflog die ersten Zeilen des nächsten, die er außerordentlich anregend fand; aber damit er das neue Kapitel unbehelligt beginnen konnte, musste so rasch wie möglich die Streichholzfrage geklärt werden. »Einen Moment!« Er stand auf und begann, halb betäubt von der Sonne, von einer Klippe zur anderen zu springen, bis er schließlich ein paar Leute fand, die rauchten. Er ließ sich eine Schachtel Minerva geben, eilte zu der Signora, zündete ihr die Zigarette an, lief zurück, um die Schachtel abzugeben, hörte die freundliche Aufforderung: »Behalten Sie sie nur«, eilte wieder zu der Signora, um ihr die Streichhölzer zu überlassen, sie bedankte sich, er zögerte einen Augenblick, um etwas zum Abschied zu sagen, doch da begriff er, dass er nach diesem Zaudern etwas anderes sagen musste, und er fragte: »Sie baden nicht?«

»Bald«, entgegnete die Signora. »Und Sie?«

»Ich war schon im Wasser.«

»Sie springen nicht noch einmal hinein?«

»Doch, ich lese noch ein Kapitel, dann schwimme ich wieder ein bisschen.«

»Ich auch, ich rauche nur die Zigarette zu Ende, dann springe ich ins Wasser.«

»Also bis nachher.«

»Bis nachher.«

Diese Art Verabredung verlieh Amedeo eine Ruhe, die er – das wurde ihm jetzt erst bewusst – nicht mehr kannte, seit er die einsame Sommerfrischlerin bemerkt hatte. Jetzt lastete nicht länger die Pflicht auf ihm, mit der Signora einen Kontakt aufrechterhalten zu müssen; alles wurde auf den Augenblick des Badens verschoben – gebadet hätte er auch, wenn die Signora nicht dagewesen wäre –, und so konnte er sich jetzt ohne Hemmungen den Freuden der

Lektüre widmen. Und das tat er in einem Maße, dass er gar nicht merkte, wie sich plötzlich – er war längst nicht am Ende des Kapitels angelangt – die Sommerfrischlerin, nachdem sie die Zigarette aufgeraucht hatte, erhob und sich ihm näherte, um ihn zum Schwimmen aufzufordern. Er erblickte die Holzsandaletten und die schlanken Beine dicht über dem Buch, schaute auf, ließ, von der Sonne geblendet, die Augen wieder auf das Buch sinken und las in aller Eile ein paar Zeilen, blickte von Neuem auf und hörte sie sagen: »Platzt Ihnen nicht bald der Kopf? Ich springe ins Wasser!« Es war zwar schön, so weiterzulesen und dabei ab und zu aufzuschauen, aber da Amedeo nun nicht länger säumen durfte, tat er etwas, was ihm sonst nie unterlief: Er überging fast eine halbe Seite, bis zum Kapitelende, das er sehr aufmerksam las. Dann erhob er sich. »Also los! Springen Sie von der Spitze?«

Obwohl die Signora viel von Springen geredet hatte, stieg sie vorsichtig von einer Stufe in Höhe des Wasserspiegels ins Meer. Amedeo stürzte sich von einem Felsen herab, und zwar aus größerer Höhe als üblich. Es war um die Stunde, da sich die Sonne langsam dem Horizont zuneigte. Das Meer schien vergoldet. Sie schwammen in diesem Gold in einigem Abstand voneinander. Amedeo tauchte dann und wann und machte sich einen Spaß daraus, die

Signora dadurch zu erschrecken, dass er unter ihr hindurchschwamm. Sagen wir, er gönnte sich den Spaß. Im Grunde freilich war es kindisch, aber was sollte er auch tun? Das Baden zu zweit war ein klein wenig langweiliger als sonst; gleichviel, der Unterschied war nur gering. Außerhalb der Goldreflexe verdüsterte das Wasser sein azurnes Blau, als breitete sich vom Grunde her eine tintenähnliche Finsternis aus. Es war zwecklos, nichts kam der Würze des Lebens gleich, die in den Büchern ist. Amedeo stieg über einige aus dem Wasser ragende Riffe hinweg und führte sie, die sich ängstlich gab; er hatte, um ihr auf eine kleine Insel hinaufzuhelfen, sogar ihre Hüften und ihre Brust angefasst, aber seine Hände waren dadurch, dass er so lange im Wasser gewesen war, fast unempfindlich geworden und hatten weiße, geriffelte Fingerkuppen bekommen. Immer häufiger blickte er zu der Stelle hinüber, wo der bunte Buchumschlag leuchtete. Es war keine andere Geschichte, keine andere Erwartung möglich außer jener, die er zwischen den Seiten, dort, wo das Lesezeichen lag, unterbrochen hatte; alles andere war nur ein leeres Intervall.

Trotzdem schuf die Rückkehr ans Ufer, die gegenseitige Hilfe beim Hinaufklettern und beim Abtrocknen letztlich eine gewisse Vertraulichkeit, so dass Amedeo glaubte, es sei unhöflich, wenn er jetzt auf seinen alten Platz zurückkehrte. »Ach«, sagte er, »ich werde hier weiterlesen, ich hole nur mein Buch und das Kissen.« Weiterlesen, hatte er gesagt, um kein Missverständnis aufkommen zu lassen. Und sie: »Ja, recht so, ich werde eine Zigarette rauchen, und dann lese ich ein bisschen in der *Annabella.*« Sie hatte eine Frauenillustrierte bei sich, und so konnten nun beide lesen, jeder für sich. Ihre Stimme erreichte ihn wie ein kalter Tropfen auf den Nacken, aber sie sagte nur: »Warum liegen Sie auf dem harten Stein? Kommen Sie auf die Matratze, ich rücke ein Stück zur Seite.« Der Vorschlag war liebenswürdig, auf der Matratze war es gemütlich, und Amedeo akzeptierte das Angebot bereitwillig. Sie lagen nun beide dort, er in der einen Richtung, sie in der anderen. Sie redete nicht mehr, sondern blätterte die bebilderten Seiten durch, und Amedeo konnte sich ganz in seine Lektüre vertiefen. Die Sonne schien nicht untergehen zu wollen, das Licht und die Wärme nahmen nicht ab, sie wirkten nur leicht gedämpft. Amedeo war in seinem Roman bereits dort angelangt, wo die größten Geheimnisse der Gestalten und des Milieus enthüllt sind und man sich in einer vertrauten Welt bewegt, in der sich eine gewisse Parität zwischen Autor und Leser, eine Vertraulichkeit herausgebildet hat und man nun gemeinsam weiterschreitet und nie aufhören möchte.

Auf der Gummimatratze konnte man auch jene kleinen Bewegungen ausführen, derer die Arme und Beine bedürfen, um nicht steif zu werden, und wie zufällig kam dabei eins seiner Beine mit einem ihrer Beine in Berührung. Ihm missfiel das nicht, er rührte sich nicht; ihr wohl ebenfalls nicht, denn auch sie regte sich nicht. Die Süße des Kontaktes summierte sich zu der Lektüre und machte sie, was Amedeo betraf, noch vollkommener; doch sicherlich empfand die Sommerfrischlerin etwas anderes, denn sie stand auf, setzte sich hin und sagte: »Aber …«

Amedeo war gezwungen, den Kopf vom Buch zu heben. Die Frau schaute ihn an, und in ihren Augen war Bitternis.

»Fehlt Ihnen etwas?«, erkundigte er sich.

»Aber bekommen Sie denn das Lesen nie über?«, fragte die Frau. »Man kann nicht behaupten, dass Sie ein geselliger Mensch sind! Wissen Sie nicht, dass man mit Damen Konversation pflegen muss?«, fügte sie mit einem schwachen Lächeln hinzu, das vielleicht nur ironisch sein sollte, das aber Amedeo, der in diesem Moment alles gegeben hätte, um sich nicht von dem Roman trennen zu müssen, geradezu drohend schien. Wie konnte ich mich bloß hierherlegen!, dachte er. Jetzt war ihm klar, dass er mit dieser Frau an seiner Seite nicht eine einzige Zeile mehr lesen würde.

Ich müsste ihr zu verstehen geben, dass sie sich geirrt hat, dachte er, dass ich mich am wenigsten eigne, den Strandgalan zu spielen, dass ich ein Typ bin, dem man sich lieber gar nicht anvertraut. »Konversation?«, fragte er laut. »Was für eine Konversation?« Und er streckte die Hand nach ihr aus. »Sehen Sie, wenn ich Ihnen jetzt mit den Händen auf den Leib rücke, dann werden Sie sich gewiss durch eine so unpassende Bewegung beleidigt fühlen, Sie werden mich vielleicht sogar ohrfeigen und sich dann entfernen.« War es nun seiner natürlichen Zurückhaltung zuzuschreiben oder einer anderen Art Flirt, viel zärtlicher, der Art nämlich, die er in Wirklichkeit wollte – jedenfalls fiel die Liebkosung, anstatt brutal und herausfordernd zu sein, scheu, melancholisch, fast flehend aus: Er berührte ihren Hals mit den Fingern, hob die Halskette, die sie angelegt hatte, hoch und ließ sie wieder sinken. Die Antwort der Frau bestand in einer zunächst langsamen, gleichsam resignierten und ein wenig ironischen Bewegung – sie drückte das Kinn seitlich an, um seine Hand festzuhalten –, dann in einer schnellen, einem berechneten, aggressiven Zuschnappen: Sie biss ihn in den Handrücken.

»Au!«, schrie Amedeo. Sie fuhren auseinander.

»So machen Sie also Konversation?«, fragte die Signora.

»Nun«, erwiderte Amedeo rasch, »diese Art, Konversation zu machen, gefällt Ihnen nicht, folglich unterbleibt jede Konversation, und ich lese weiter.« Und schon hatte er sich auf einen neuen Absatz gestürzt. Aber er versuchte, sich selbst zu betrügen. Er hatte sehr wohl begriffen, dass man schon zu weit gegangen war, dass zwischen ihm und der braungebrannten Signora eine Spannung entstanden war, die nicht mehr zu unterbrechen war; er begriff auch, dass er der Erste war, der sie nicht abbrechen wollte, zumal es ihm ja doch nicht gelingen würde, zu der alleinigen Spannung der Lektüre zurückzukehren, die ganz auf innere Sammlung abgestimmt war. Er konnte indes versuchen, es so einzurichten, dass diese äußere Spannung sozusagen parallel zu der anderen verlief, dass er also weder auf die Signora noch auf das Buch zu verzichten brauchte.

Da sich die Signora mit dem Rücken an eine Klippe gelehnt hatte, setzte er sich neben sie und legte ihr einen Arm um die Schultern, während er das Buch auf den Knien hielt. Er wandte sich ihr zu und küsste sie. Sie lösten sich und küssten sich von Neuem. Dann senkte er den Kopf und begann wieder zu lesen.

Solange es möglich war, wollte er in der Lektüre fortfahren. Er fürchtete, es könnte ihm nicht gelingen, das Buch durchzulesen. Der Anfang eines Verhältnisses an der See konnte sehr wohl das Ende seiner einsamen, stillen Stunden bedeuten, einen grundverschiedenen Rhythmus, der sich seiner Ferientage bemächtigen würde! Man weiß ja: Hat man sich erst einmal ganz in ein Buch hineingelebt, dann ist, wenn man die Lektüre unterbrechen muss und erst einige Zeit später wiederaufnimmt, der größte Teil der Freude verloren; viele Einzelheiten sind vergessen, und es gelingt nicht, sich ebenso gut wie zuvor hineinzuversetzen.

Die Sonne ging allmählich hinter dem nächsten Vorgebirge unter, dann hinter dem folgenden und hinter dem, das danach kam, und ließ sie im Gegenlicht ohne Farben zurück. Die Badelustigen waren aus den Schluchten des Kaps verschwunden. Sie waren jetzt allein. Amedeo umspannte die Schultern der Sommerfrischlerin mit einem Arm, las, küsste sie auf den Hals und auf die Ohren – was ihr, wie er festzustellen glaubte, gefiel –, und wenn sie sich ihm zuwandte, küsste er sie auf den Mund; dann las er weiter. Vielleicht hatte er diesmal wirklich das ideale Gleichgewicht gefunden: Er hätte so noch ein ganzes Hundert Seiten lesen mögen. Aber wieder war sie es, die die Situation zu ändern versuchte. Sie begann sich steif zu machen, ihn zurückzudrängen und sagte schließlich: »Es ist spät. Gehen wir. Ich ziehe mich an.«

Dieser plötzliche Entschluss eröffnete ganz andere Perspektiven. Amedeo wirkte ein wenig hilflos, aber er erwog nicht lange das Für und Wider. Er war am Höhepunkt des Buches angelangt, und ihr Satz: »Ich ziehe mich an« hatte sich, kaum vernommen, in seinem Kopf in einen anderen verwandelt: Während sie sich anzieht, habe ich noch etwas Zeit, ein paar Seiten ungestört zu lesen.

Sie aber forderte ihn auf: »Halte bitte das Handtuch hoch« – sie duzte ihn jetzt vielleicht zum ersten Mal –, »damit mich keiner sieht.« Die Vorsicht war überflüssig, denn der Felsenstrand war menschenleer, aber Amedeo tat ihr gern den Gefallen, zumal er das Handtuch im Sitzen halten und in dem Buch weiterlesen konnte, das auf seinen Knien lag.

Die Signora hatte hinter dem Handtuch den Büstenhalter abgelegt, ohne sich darum zu kümmern, ob er es sah oder nicht sah. Amedeo wusste nicht, sollte er sie anschauen und tun, als läse er, oder sollte er lesen, während er so tat, als schaute er zu. Ihn reizte das eine wie das andere, doch er hielt es für indiskret, sie anzustarren; las er aber weiter, dann wirkte er gewiss allzu gleichgültig. Die Signora wandte nicht die übliche Methode der Badenden an, die sich im Freien ankleiden, indem sie sich zuerst die Sachen überstreifen und dann den Badeanzug darunter ausziehen; nein, jetzt, da sie mit entblößter Brust dasaß, zog sie auch noch den Slip aus. In diesem Moment wandte sie ihm zum ersten Mal ihr Gesicht zu – es war ein trauriges Gesicht, mit einer Falte der Bitternis am Mund –, und sie schüttelte den Kopf, sie schüttelte den Kopf und blickte ihn an.

Da es doch geschehen muss, soll es gleich geschehen!, dachte Amedeo und warf sich mit dem Buch in der Hand, einen Finger zwischen den Seiten, nach vorn; aber was er in ihrem Blick las – Tadel, Mitleid, Niedergeschlagenheit, als wollte sie zu ihm sagen: »Dummer, wir machen das, wenn uns nichts anderes übrigbleibt, aber auch du begreifst nichts, wie die anderen Männer!« –, das heißt, das, was er nicht las, denn er verstand nicht, in den Augen zu lesen, sondern was er verschwommen merkte, rief in ihm einen solchen Gefühlsüberschwang für diese Frau hervor, dass er, während er sie umarmte und mit ihr auf die Gummimatratze fiel, kaum den Kopf nach dem Buch wandte, um zu sehen, ob es vielleicht im Meer gelandet war. Aber es lag dicht neben der Matratze, aufgeschlagen, nur ein paar Seiten waren umgeblättert, und Amedeo, obzwar noch immer im Feuer der Umarmung, suchte eine Hand freizubekommen, um das Lesezeichen an die richtige Stelle zu schieben. Nichts ist nämlich ärgerlicher, als wenn man lesen will und dann erst blättern muss, ohne den Faden finden zu können.

Die Liebesharmonie war vollkommen. Sie hätte zwar etwas länger hinausgezögert werden können; aber war nicht alles blitzartig gewesen bei dieser Begegnung?

Es wurde dunkel. Unten endeten die Felsen, schräg abgleitend, in einer kleinen Bucht. Sie war jetzt dort hinuntergegangen und stand im Wasser. »Komm her, lass uns noch einmal schwimmen …« Amedeo biss sich auf die Lippen und zählte die Seiten, die er bis zum Schluss noch zu lesen hatte.

Nachweis

Zsuzsa Bánk (* 24. Oktober 1965, Frankfurt am Main)
Heißester Sommer. Aus: Zsuzsa Bánk, *Heißester Sommer*. Copyright © 2005 by S. Fischer Verlag, Frankfurt

Walter Benjamin (15. Juli 1892, Berlin – 26. September 1940, Portbou)
In der Sonne. Aus: Walter Benjamin, *Kleine Kunst-Stücke*. Insel Verlag, Leipzig 1989

Rainer Brambach (22. Januar 1917, Basel – 14. August 1983, ebenda)
Auch diesen Sommer wieder... oder Von Basel nach Poralustico. Aus: Rainer Brambach, *Heiterkeit im Garten*. Copyright © 1989 by Diogenes Verlag, Zürich

Italo Calvino (15. Oktober 1923, Santiago de las Vegas/Havanna – 19. September 1985, Siena)
Abenteuer eines Lesers. Aus dem Italienischen von Helene Moser. Aus: Italo Calvino, *Abenteuer eines Lesers*. Copyright © 1986 by Carl Hanser Verlag, München

Doris Dörrie (* 26. Mai 1955, Hannover)
Bin ich schön? Aus: Doris Dörrie, *Bin ich schön?* Copyright © 1994 by Diogenes Verlag, Zürich

F. Scott Fitzgerald (24. September 1896, St. Paul/Minnesota – 21. Dezember 1940, Hollywood/Los Angeles)
Der Riffpirat. Aus dem Amerikanischen von Christa Schuenke. Aus: F. Scott Fitzgerald, *Winterträume*. Copyright © 2009 by Diogenes Verlag, Zürich

Tim Krohn (*9. Februar 1965, Wiedenbrück)
Wie Zugvögel. Originalbeitrag für diese Anthologie. Copyright © 2013 by Tim Krohn. Abdruck mit freundlicher Genehmigung des Autors
Joachim Ringelnatz (7. August 1883, Wurzen – 17. November 1934, Berlin)
Sommerfrische. Aus: Joachim Ringelnatz, *Sämtliche Gedichte.* Copyright © 1997 by Diogenes Verlag, Zürich
Bernhard Schlink (* 6. Juli 1944, Bielefeld)
Der letzte Sommer. Aus: Bernhard Schlink, *Sommerlügen.* Copyright © 2010 by Diogenes Verlag, Zürich
Hermann Harry Schmitz (12. Juli 1880, Düsseldorf – 8. August 1913, Bad Münster am Stein)
Hitze! Hitze! Aus: Hermann Harry Schmitz, *Die Bluse und andere Grotesken.* Haffmans Verlag, Zürich 1988
Martin Suter (* 29. Februar 1948, Zürich)
Huber spannt aus I – III: Aus: Martin Suter, *Huber spannt aus.* Copyright © 2005 by Diogenes Verlag, Zürich
Kurt Tucholsky (9. Januar 1890, Berlin – 21. Dezember 1935, Göteborg)
Wandertage in Südfrankreich. Aus: Kurt Tucholsky, *Mit 5 PS.* Rowohlt Verlag, Berlin, 1927
Stefan Zweig (28. November 1881, Wien – 23. Februar 1942, Petropolis/Rio de Janeiro)
Sommernovellette. Aus: Stefan Zweig, *Phantastische Nacht.* S. Fischer Verlag, Frankfurt 1982

Ferienanthologien im Diogenes Verlag

Strandlesebuch

Sonnige und coole Geschichten

Man sollte sich nicht darauf verlassen, am Strand eine Flaschenpost zu finden, um etwas Spannendes zum Lesen zu haben – schließlich verlieren sogar die Brandung oder der schönste Sonnenuntergang irgendwann ihren Reiz. Ein gutes Buch hingegen ist auch bei schlechter Witterung eine Garantie für gelungene Ferien, besonders mit folgenden Reisebegleitern: Doris Dörrie, Bernhard Schlink, Ingrid Noll, John Irving, Philippe Djian, Patrick Süskind oder Haruki Murakami.

Balkonlesebuch

Spannende und entspannende Geschichten

»Man sollte lieber nicht auf Reisen gehen, sondern auf dem Balkon sitzen bleiben«, riet Erich Kästner. Recht hat er. Und deshalb gibt es für alle, die zu Hause bleiben, ob sie es sich nun auf dem Balkon bequem machen oder nicht, ein Sommerbuch mit spannenden und entspannenden Geschichten von weltbekannten Erzählern wie Patricia Highsmith, Bernhard Schlink oder Ingrid Noll. Und als Zugabe: Geschichten von Almudena Grandes, Hermann Hesse und Axel Hacke, in denen der Balkon zum spannenden Schauplatz wird.

Landleben

Ein Sehnsuchts-Lesebuch

Von den Lebensgewohnheiten auf dem Lande anno dazumal und von den Freuden eines einfachen Lebens im Einklang mit der Natur erzählen Klassiker wie

Adalbert Stifter, H.D. Thoreau oder Anton Čechov. Zeitgenössische Autoren wie Tomi Ungerer, Judith Hermann und Andrea De Carlo schreiben außerdem über die Sehnsucht nach einem Refugium im Grünen und nicht zuletzt über die naiven Vorstellungen der Städter und die doch ganz andere Wirklichkeit des Landlebens.

Sommerliebe

Liebesgeschichten

Nicht jede Sommerliebe endet mit einem Happyend: Bei D.H. Lawrence sind die Standesunterschiede zwischen einer Amerikanerin aus gutem Haus und einem italienischen Bauern einfach zu groß, Urs Widmer erzählt von einem sonnensehnsüchtigen Touristen, der auf der griechischen Insel Naxos in ein verwirrendes Gefühlslabyrinth verstrickt wird. John Irvings junger Held Edward hat auf Long Island eine Affäre mit seiner Traumfrau, die nur einen Fehler hat: Sie ist mit seinem Arbeitgeber verheiratet.
Egal, ob die Sommerliebe auch über den Herbst hinaus hält, die Geschichten in diesem Buch zeigen: Mag der Frühling die Jahreszeit der Leidenschaft sein, der Sommer ist die Zeit der Liebe.

Nicht schon wieder Stau!

Hinterhältige Reisegeschichten

»Reisen ist eine arge Beschäftigung. Das moderne Unterwegs ist womöglich noch schlimmer als das vergangene. Früher wurde man von unkonzessionierten Räubern überfallen und ausgezogen, und man hatte immerhin das Gefühl, dass einem Unrecht geschähe. Das hat sich geändert«, so Erich Kästner. Statt Raubüberfällen gibt es heute Flugverspätungen, verlorene Gepäckstücke und verstopfte Straßen.

Da kann man froh sein, wenn man überhaupt an das Ziel der Reise kommt. *Nicht schon wieder Stau!* versammelt wunderschön hinterhältige Reisegeschichten von John Irving, Martin Suter und Doris Dörrie. Und Anna Gavalda schreibt über einen Mann und eine Frau in einem Auto – natürlich im Stau.

Nicht schon wieder Wellen!

Hinterhältige Geschichten vom Meer

Alle träumen vom Meer, doch diese endlosen Wellen können auch nerven. Und auch ohne Schiffbruch kann so einiges ins Wasser fallen – wenn man keinen festen Boden unter sich hat oder die Füße im Sand: Flaute und stürmische Überfahrten, zu steile Sprünge und zu hohe Wellen, Magenprobleme im Inselparadies, Langeweile oder zu viele nackte Busen am Strand, Meeresungeheuer und Haie, Seekrankheiten oder Landgänge (die noch gesundheitsschädlicher sind), Geisterschiffe oder noch schlimmer: überfüllte Kreuzfahrtschiffe… Ob in Honolulu, der Karibik, an der Côte d'Azur, im Mittelmeer oder in der Weite der Ozeane: *Nicht schon wieder Wellen!* versammelt die schönsten hinterhältigen Geschichten vom Meer.

Endlich Ferien!

Geschichten für die schönste Zeit des Jahres

Sommerzeit – Lesezeit. Aber weder Mücken noch meteorologische Widrigkeiten sind die schlimmsten Störenfriede beim sommerlichen Lesevergnügen. Vielmehr sind es nervige Nichtleser, die stören. Deshalb enthält *Endlich Ferien!* neben spannenden Erzählungen von Martin Suter, Doris Dörrie, John Updike, Bernhard Schlink oder Graham Greene ein praktisches Türschild: »Bitte nicht stören. Ich lese.«

Strandkorb-Lesebuch

Gegen Sonnenbrand hilft die Salbe, gegen Langeweile in den Ferien das *Strandkorb-Lesebuch*. Natürlich kann man die spannenden Geschichten von John Irving, Jakob Arjouni, Martin Suter, Anthony McCarten, Anna Gavalda und vielen anderen auch außerhalb eines Strandkorbs lesen – im Sand, auf der Reise, auf dem Balkon, auf dem Sofa oder sogar ganz ohne Ferien –, denn für das richtige Strandkorb-Feeling sorgen schon einige Geschichten, die tatsächlich im Strandkorb spielen.

Kreuzfahrt-Lesebuch

Majestätische Luxusliner, fremde Länder, elegante Kapitäns-Dinners, spannende Bordbekanntschaften oder Landausflüge: Wer eine Kreuzfahrt macht, der kann was erleben – und erzählen. Wie es weitgereiste Schriftsteller in diesem Buch tun, von W. Somerset Maugham, F. Scott Fitzgerald, John Updike und David Foster Wallace bis Jonathan Franzen. Hohe Literatur auf hoher See: die ideale Lektüre für angenehme Stunden in der Schiffsbibliothek oder im Liegestuhl auf dem Oberdeck, als Einstimmung vor der Einschiffung, aber auch für alle, die nicht seefest sind und lieber nur im Kopf reisen. Mit einer neuen Erzählung von Ingrid Noll.